ZUO YIGE MEIHAO DE
DUSHU REN

做一个美好的读书人

潘裕民◎著

时代出版传媒股份有限公司
安徽文艺出版社

图书在版编目（CIP）数据

做一个美好的读书人/潘裕民著.—合肥：安徽文艺出版社，2023.7
ISBN 978-7-5396-7606-7

Ⅰ.①做… Ⅱ.①潘… Ⅲ.①随笔－作品集－中国－当代 Ⅳ.①I267.1

中国版本图书馆 CIP 数据核字（2022）第 215070 号

出 版 人：姚 巍
责任编辑：王婧婧　　　　　　　装帧设计：张诚鑫

出版发行：安徽文艺出版社　　www.awpub.com
地　　址：合肥市翡翠路 1118 号　邮政编码：230071
营 销 部：(0551)63533889
印　　制：合肥创新印务有限公司 (0551)64456946

开本：880×1230　1/32　印张：6.875　字数：160 千字
版次：2023 年 7 月第 1 版
印次：2023 年 7 月第 1 次印刷
定价：39.00 元

（如发现印装质量问题，影响阅读，请与出版社联系调换）

版权所有，侵权必究

目录

第一辑　读书的境界

读书是最美好的事 / 003

阅读是一个世界性的话题 / 007

读书是最好的"精神化妆" / 013

腹有诗书气自华 / 016

"读书人"是一个美好的身份 / 021

阅读应该成为一种自觉行为 / 025

读书要做到"有所为有所不为" / 028

读书是有境界和品位的 / 034

读书是一种精神的享受 / 038

读书有益健康长寿 / 043

读书和教育都是一种慢功夫 / 046

第二辑　读书的门道

读书之法，因人而异 / 053

学会与文本对话 / 058

要读精品之作 / 070

经典"不厌百回读" / 074

读书之要在于独立思考 / 083

不动笔墨不读书 / 091

读书要学以致用 / 104

读书要善于选择 / 111

读书时间是"挤"出来的 / 119

读书和写作必须"站在巨人的肩上" / 123

读书贵在持之以恒 / 126

第三辑　人文阅读

珍视传统文化教育的价值 / 135

在古诗文学习中感受人生的价值与意义 / 141

在语文教学中领略古诗文之美 / 146

读先秦文学 / 158

读秦汉文学 / 162

读魏晋南北朝文学 / 167

读唐诗 / 174

读唐宋词 / 201

读宋诗 / 210

第一辑 读书的境界

读书是最美好的事

"世间数百年旧家无非积德，天下第一件好事还是读书。"相传这是清代嘉庆年间礼部尚书姚文田自题的书房对联。据说，商务印书馆的开创者张元济曾手书过这副对联。有人问阿根廷作家博尔赫斯，你想象中的天堂是什么样？博尔赫斯说，就是图书馆的样子。所以我要说，读书是最美好的事。

"为什么要读书""读什么书""怎么读书"这几个简单的问题，居然古今中外几千年也没有说尽，而且历久弥新。因为"书是全世界的营养品"。"想成为一个有成就的人吗？请你来阅读。"这是英国戏剧大师莎士比亚登上艺术高峰后留下的至理名言，也是他自己人生经验的总结。

正由于书是举世之宝，所以有人说："没有书的家庭，谈不上是高雅、完美的家庭；不读书的人，不配称真正、完美之人。"细细想来，此话不无道理。历史上绝大多数伟人、大学问家都把书籍看作不可或缺的精神食粮，把读书学习看作生命中最大的爱好。马克思、列宁、孙中山、毛泽东、鲁迅、爱迪生等，都是如此。

论及读书的好处，素有宏观意义与个人意义之分。从宏观上说，我们是"为中华崛起而读书"；就个人而言，"读书使人充实"。但实际上，二者是密不可分的。2013年8月，著名作家贾平凹做客上海书展时说过："如果人人都不爱读书，国家的发展就没有后劲了。"2014年7月25日，《解放日报》刊登了韩正同志的《静心读书》一文，文中指出："不读书的城市是没有希望的城市。"李克强同志在十二届全国人大三次会议记者会上再次提到"全民阅读"，他说："书籍和阅读可以说是人类文明传承的主要载体。就我个人的经历来说，用闲暇时间来阅读是一种享受，也是拥有一种财富，可以说终身受益。我希望'全民阅读'能够形成一种氛围，无处不在。"习近平同志早在《之江新语》一书中就有不少谈读书、论学习的内容。

由此可见，关于读书的价值和意义，怎么强调也不为过。有人说，这世上有两样东西是别人抢不走的：一是藏在心中的梦想，二是读进大脑的书。书是智慧的钥匙，是人类认识的载体，有知识的人把所见所闻或所思所想记录下来，便成为书。有价值的书是历史的见证、知识的宝库、智慧的结晶，是一个民族、一个国家精神文明的标志。朱永新先生说得好："一个人的精神发育史实质上就是一个人的阅读史；一个民族的精神境界，在很大程度上取决于民族的阅读水平。"

实际上，社会文化和历史就是通过阅读而代代相传、继往开来的。所以，德国作家歌德说："人不只是靠他生来就拥有的一切，而且靠他从学习中所得到的一切来造就自己。"读一本好书，就是和许多高尚的人谈话。被称为英国近代化学之父的道尔顿也曾说过："我所取得的成就和从图书馆里获得的知识是分不开的。"

话说回来，今天这个时代，读书到底有什么意义？它能给我们带来什么？要回答这些问题，我们不妨引用王蒙先生的一段话："读书是一种享受，是一种生活方式，也是一种风度。我们这个时代之所以出现一些浮躁的风气，很重要的一个方面，是一些人不读书，缺乏应有的风度，缺乏对事物的专注之心。"(《读书是一种风度》)

在有些人看来，终日埋头进行科学研究的科学家是一些不近人情、枯燥乏味的"怪人"。对此，中国首批18位博士之一，曾在中国科技大学执教多年、现为北京航空航天大学教授的李尚志说："说数学家都像陈景润那样，其实不是。比如，我们也喜欢吃好吃的。……有人问过我搞科研会不会影响我去旅游，其实我有很多教学案例都是从旅游当中来的。喜欢什么就照干，而且未必不能对科研有所启发。"

事实上，对生活和事业的热爱，使不少科学家逐步成为阅读爱好者。达尔文常常几小时地阅读莎士比亚的历史剧和拜伦、华尔特·司各特的诗篇；诺贝尔读过许多名人大家的文学作品；我国数学家华罗庚、苏步青都非常喜爱古典文学。据了解，苏步青一生与诗结缘，曾出版《苏步青诗词钞》《数与诗交融》等著作。在谈到诗文对自己一生治学的滋养时，他说："深厚的文学、历史基础是辅助我登上数学殿堂的翅膀，文学、历史知识帮助我开拓思路，加深对数学的理解。之后几十年，我能吟诗填词，出口成章，很大程度上得力于初中时文理兼治的学习方法。"著名数学家丘成桐院士也说过："我深受中国古典文学影响，从《诗经》中看到了比兴方法对寻找数学方向的重要性，吟诵《楚辞》激起我了对数学的热情。"谷超豪更是被称为"诗人数学家"，他说："在我的生活里，数学是和诗同样让我喜欢的东西。诗可以用简单的语言表达复杂的内容，用具体的语言表现深刻的感情和志向。数学也是这样，1除以3，可以一直除下去，永远除不完，结果用一个无限循环小数表示出来，给人无穷的想象空间。"可见，读书是人的一种兴趣爱好和精神需求，并不一定为学科和专业所限。《越读者》一书的作者郝明义说得好："没有越界，不成阅读。"从某种意义上说，"跨界"也是一种很高的境界。

阅读是一个世界性的话题

1995年,联合国教科文组织决定,将每年的4月23日定为"世界图书与版权日",即世界读书日,意在鼓励人们发掘读书的乐趣,并纪念那些为推动人类文明前进而做出不懈努力的先辈。

为什么选择4月23日作为世界读书日呢?据说跟西班牙有点关系。这一天,是《堂吉诃德》的作者、西班牙作家塞万提斯逝世纪念日。听上去像是一个美好的巧合,而鲜为人知的是,"世界读书日"的诞生正是为了纪念这位西班牙文学巨匠。

早在1923年,西班牙作家、出版人文森特·克拉维尔提出,为纪念塞万提斯及其伟大作品《堂吉诃德》,在西班牙设立"读书日"。克拉维尔本人是塞万提斯的崇拜者,28岁时他成立的第一家出版社,便以塞万提斯的名字命名。在他看来,"读书日"的设立,是向全世界的伟大作品、作者致敬,同时也希望人们从书籍中获取知识和文化的力量。

历时三年，这一提议最终获得西班牙国王阿方索十三世的批准。这一提议从提出到正式成为西班牙全国性纪念日，历经长达七年的时间。

还有一个根据，就是4月23日是西班牙加泰罗尼亚地区的传统节日，叫作"圣乔治节"。圣乔治节的来历是，当地有一个英雄叫乔治，他从怪兽手中救出了一个美丽的公主。通常"英雄救美女"的民间故事，公主得救以后，会嫁给英雄，可这个故事不是这样，没有说公主为了感恩就嫁给英雄了。她怎么感谢的呢？她送给英雄一本书，这就不落俗套了。作为英雄，你光是能杀死怪兽还不够，你还得有文化，有品位。根据这个故事，西班牙这个地区就有了一个节日，到4月23日这一天，姑娘送自己爱的小伙子一本书，小伙子送姑娘一枝玫瑰花。我觉得这倒不错，姑娘要求自己的意中人是有文化的，爱读书的。

其实，所谓的"世界读书日"，也只不过是提倡一下，或许有点推动作用，但"推是为了不推"，真正的读书行动要靠持之以恒，靠个人的"文化自觉"。

纵观世界各国，凡是崇尚读书的民族，大多是生命力顽强的民族。全世界读书最多的民族是犹太族，平均每人每年读书64本。作为犹太人聚居地的以色列，它的人文发展指数（将出生时的预期寿命、成人识字率和实际人均国内生产总值等衡量人生三大要素的指标合成一个复合指数）居全世界第21位，是中东地区最高的国家。

据介绍，以色列书店里各种版本的图书、报刊一应俱全，在街头的报亭里可以买到头天出版的《泰晤士报》《纽约时报》《世界报》等西方国家的大报，在有的书店里还可以买到《毛泽东选集》《邓小平文选》。

在犹太人的家庭里，充满着浓郁的读书和求知的氛围。中国有一个习俗，要让刚满周岁的婴儿抓东西，叫"抓周"，传说一生的命运与抓到什么紧密相关。如果抓书，预计他将是读书人；抓算盘，预计是个生意人；等等。钱锺书满周岁时抓了一本书，因此取名"锺书"。他的一生果然是与书相伴，成为一名大学者。而犹太人的习俗是，在孩子稍稍懂事的时候，母亲就会翻开《圣经》，涂一点蜂蜜在上面，然后让小孩去舔。这仪式的用意不言而喻——让孩子从小就知道书本是甜的，日后要爱不释手。

犹太人一直有重视读书的传统，这使该民族在长期颠沛流离中能够不断地涌现出优秀的思想家、科学家和一流的经营者。在近代史的长卷画轴中，马克思（社会科学）、爱因斯坦（自然科学）和弗洛伊德（人类自身心理研究），是改变历史进程的三位大师，被推崇为"犹太三星"。不管在欧美各国还是在以色列，犹太人接受高等教育的人口比例都很高。据统计，在20世纪645位诺贝尔奖获奖者中有121位犹太人，比例高达18.5%，获奖人数高居世界各民族之首。

俄罗斯人也是以喜欢读书著称的。1.4亿俄罗斯人的私人藏书就有200亿册，每个家庭平均藏书近300册。因此，俄罗斯获得了世界上"最爱阅读的国家"的美誉。到过俄罗斯的人都能观察到，在公园的长椅上、电车上、大学草坪上、步行街中，无处不见埋头读书的人。在普希金公园，你能看到，许多人口袋里都装着一本书。至于图书馆的阅览室，则是各年龄段俄罗斯人最喜欢的场所，人们常常要为在图书馆阅览室订到一个座位而排队。读书，对于俄罗斯人来说，不仅是获取知识的手段，也是休闲甚至娱乐的方式。

近些年来，尽管俄罗斯人的阅读率也有所下降，其罪魁祸首是电视和网络，但这一情况已引起俄政府的高度重视，并将其视为一个严重的社会问题。为此，俄政府制定《民族阅读大纲》，并采取一系列措施，"培养读者兴趣，鼓励年轻人读书"，让"读书重新成为一种时尚"。

记得在2008年3月，《环球时报》报道了"法国倾力打造阅读大国"的情景：在法国，常常在公共汽车上看到有人捧着一本厚厚的小说在津津有味地读着，有白发苍苍的老人、背着书包上学的青少年，也不乏匆匆赶去上班的上班族。的确，法国人读书有股"挤劲儿"。怀揣一书，随时阅读，有空就读。无论在咖啡馆，还是在地铁里、公园中、马路边、公车上，到处都能看到人们读书的身影。多少年来，法国始终保持着读书大国的地位。统计表明，法国人每年人均读书12本，多的有25本以上。即使在经济困难时期，法国人宁可砍掉其他消费，也不轻易减少买书的开支。

与法国一样，在德国的地铁上，无论男女老少，无论坐着站着，上车的第一件事，就是拿出一本书来读。调查显示：56%的德国人在他们的业余时间喜欢或非常喜欢读书；平均49%的妇女和36%的男士每年至少买过3本书；仅汉堡市中心图书馆一年就有近1100万册图书被读者借阅，光顾中心图书馆的人一年有458万；全世界最大的图书展每年在德国的莱比锡和法兰克福两个城市举办。这些数据都说明了一个问题：德国人是喜欢阅读的。

在印度的飞机和火车上，也经常可以看到乘客捧着书在认真阅读。印度各地都有许多书店和书摊，在每一个市场里，即使是一个很小的市场里，也有一两家书店。据印度一位社会学家的一项调查显示（2008年），印度人一般一年要读3至5本书，而且多是小说，从印度人爱读书以及能静下来读小说这一点来看，印度人心态普遍比较沉静，不浮躁，生活得很从容。

在澳大利亚，"天天都是读书日"。澳大利亚人无论搞活动还是外出，背囊里都装有书。只要稍加留意，你就会发现，马路边、草坪上、海滩旁、商店里、候机厅内，常见人捧书阅读的场景。有些书迷甚至一上车、船，就习惯性地掏出一本书，然后心无旁骛地看起来。即使站立者，也照样抓住栏杆或吊环，在摇摇晃晃中享受阅读。

日本的国土面积不足38万平方千米，比我国的四川省还小一点，人口有一亿两千万。但是，日本每年出版新书的码洋在两千亿人民币左右。日本的书店很多，仅东京就有七千多家。尽管日本的书店都不是很大，但书的种类非常齐全，内容非常丰富，什么书都有。日本人的读书热情在全世界来看，都是比较高的。

美国权威调查机构从1995年开始进行全国范围的调查，要求人们说出自己业余时间最喜欢的3项活动。结果2005年阅读以

35%排在首位,看电视以21%排在次席,与家人和孩子玩以20%居第三。2005年阅读上升势头最猛,上涨了11个百分点。美国人为什么掀起这样的"阅读热"?据观察分析,这和美国人强烈的危机感有关。在美国人看来,不读书已经没有出路。

同一些国家相比,我国现在的每年人均阅读量还比较少。应该说,中国自古以来就是一个崇尚、热爱读书的民族。《论语》十六章,第一章就是《学而》,而《学而》的第一句话就是:"学而时习之,不亦乐乎?"孔子的一生既是投身教育的一生,也是学习的一生、读书的一生。"韦编三绝"(韦是皮带子,竹简、木牍用皮带子拴起来,才不至于乱。这种书是用绳子编起来的,所以叫作编。读得多了,把皮带都翻断了三次,是形容他老人家非常用功,对一部书反复阅读,熟读精读的意思),"发愤忘食,乐以忘忧",是孔子勤奋读书的写照。孔子开创了儒家学派,而"儒"的最广的所指,就是"读书人"。读书人在中国传统社会受到高度尊敬,是中华文明崇尚读书的表现,也是中华文化的突出特色。

读书是最好的"精神化妆"

如今,时代确实有些浮躁与功利。在这处处充满诱惑的年头,要做到"目不斜视"谈何容易!有的人追着利益走,跟着欲望走,盯着权位走,随着时尚走,物质焦虑症使人丧失了"专注"的能力。但读书能让人沉潜,让人保持内心的宁静。读书,就是与博学的先生对话。他以和缓的语调,告诉我们物质的速朽和精神的永恒。譬如当年唐宋,曾肥马轻裘、雕梁画栋,而存活于人心不朽流传的,却是激扬精神的诗词歌咏。在当今,人们的生活紧张而忙碌,更需要人文作为调剂,文学是最好的选择,唐诗、宋词更是其中的精品。

从人类发展史看,文明与阅读是密不可分的。读书是人类特有的精神生活,也是人类传承文明的主要方式。对人来说,恐怕没有比读书更好的精神食粮了。因此,宋代诗人黄庭坚深有感触地说:"三日不读书,便觉语言无味,面目可憎。"清代的萧抡也说:"一日不读书,胸臆无佳想;一月不读书,耳目失清爽。"

是啊,读书的人与不读书的人是不一样的,这从气质上便可看出。曾国藩家书有言:"人之气质,由于天生,本难改变,唯读书可变化气质。"这话说得真好!每个人的身上,都可看到阅读留下的不同痕迹。读书,不仅仅是知识的源泉,也是滋养人们美好心灵的必由之路。我曾经说过,阅读不一定能改变一个人的长相,但一定可以改变一个人的品位和气质。有些人相貌普普通通,其言却让别人"听君一席话,胜读十年书",令人如沐春风。你会觉得他深邃厚重,气质不凡。

什么叫气质?"气质",语出宋代张载《语录钞》:"为学大益,在自求变化气质。"现代西方心理学的气质是指人的心理素质、内在修养和外在行为的总和,一般是指人的个性特点、风格气度。人的气质是先天与后天的统一,内在与外在的统一,率真与理智的统一。清华大学附属小学校长、小学语文特级教师窦桂梅说:"人,要有气质,要想真正地漂亮起来,一定要读书,读书是最好的'精神化妆'。"

不可否认,读书的人确实具有一些特别的气质。这种"儒雅"之气,是通过一个人的一言一行、一举一动折射和体现出来的。正如培根所说:"把美的形象与美的德行结合起来吧,只有这样才会放射出真正的光辉。"必须指出的是,这种美好的气质或风度并不只限于那些外交家、政治家和影视明星等公众人物,它也体现在普通人身上。从更广泛的意义上看,读书对一个人综合素质的提升也具有一定意义。一个认真阅读过孔子、托尔斯泰、莎士比亚的人，其素质肯定差不到哪里去，也一定会对学习和研究产生兴趣。

从这个意义上说，阅读及其质量，的确关乎一个人的素质养成和精神状态。苏霍姆林斯基说过："无限相信书籍的力量，是我的教育信仰的真谛之一。"有这样一件事情，作为北大学生的冯友兰，第一次去办公室拜会校长蔡元培，回来用"光华霁月"来形容当时的感受，那是一个浑身充满光辉的人物，由于这个人的存在，整个办公室都被照亮了。美学家叶朗认为，这是因为一个人的精神境界有高有低，中国的传统要求我们要不断提高自己的精神品质，涵养气象，就必须读书，就必须有生活的积累，思想的积淀。因此，我们要牢记郑逸梅先生在《幽梦新影》中所说的话："不读书，不看云，不焚香，不写字，则雅趣自消，俗尘自长。"因为，只有书香的熏陶、文化的涵养，才能使我们的思想保持鲜活的亮色。

腹有诗书气自华

古人云:"天下之第一等雅事,无非读书。"当代作家曹文轩认为:"阅读是人类最优雅的行为,也是最优美的姿态。"他说,一位瑞典作家曾给他讲过一个故事:一个家庭里有两个孩子,因经济原因,老大没有读书,也就是说没有阅读行为,而老二上了学,有了读书行为。几年后有家科研机构对他们的大脑做了科学测试,结果发现没有阅读行为的孩子的大脑发育是不完善的。这个故事告诉我们:"阅读从根本上讲是一个人道主义行为",阅读让人的大脑得到了充分发展,使他更完美地感受到了这个世界,享受到了更多的东西。

中国社科院研究员周国平则认为:"人生有种种享受,读书是其中之一。读书的快乐,一在求知欲的满足,二在与活在书中的灵魂交流,三在自身精神的丰富和生长。"著名作家贾平凹也说:"读书对一个人来讲特别重要,人生经验一部分从生活中来,一部分从书本中来，书读得多，对你的人生、心灵健康发展，肯定有好处的。"的确，读书有诸多益处：读书，可以开阔人的视野，让我们拒绝平庸；读书，可以改变人的气质，提升我们的思想境界；读书，可以优化人生层次，提高我们的生存质量；读书，可以启发人的思维，点燃思想的火花，让我们更加善于思考。

人是生活在物质和精神两个世界里的。丰子恺先生说过，人的生活有三种境界：一是物质的境界，大致在衣食住行层面；二是精神的境界，主要指文学艺术等雅趣；三是灵魂的境界，那就是有信仰，有理想，有终极关怀，有博大情怀。书是精神世界中再现物质世界的载体，因而凡是具有一定文化素质的人，都时常生活在书里，读书才能过更有趣的生活。《人民日报》副总编辑梁衡说过："读书，为了追回另一半的生命。"现在很流行"一半……一半……"的说法："一半是海水，一半是火焰"，"男人的一半是女人"。其实最根本的，生命的一半是物质，一半是精神。读书是对精神的那一半生命的能量补充。

确乎如此，读书关乎命运、关乎成长、关乎精神、关乎希望。苏轼有诗曰："粗缯大布裹生涯，腹有诗书气自华。"饱读诗书，可以使人气质高贵，气宇轩昂。苏霍姆林斯基也曾说过："一个真正的人应当在灵魂深处有一份精神宝藏，这就是他通宵达旦地读过一两百本书。"大家知道，人类几千年的教育历史中，创造和积累了许多宝贵的教育思想财富，这些财富保存的载体主要就是教育的经典著作。阅读经典，与过去的教育家对话，是教师成长的基本条件，也是教师教育思想形成与发展的基础。

意大利著名作家卡尔维诺说过："一部经典作品是一本每次重读都好像初读那样带来发现的书。"意思是说，一部经典著作，无论你读多少遍，都会有新鲜感，有新的发现、新的收获。为什么呢？因为经典著作有一个共同的特征，就是关注和思考人类精神生活共同的大问题，比如人生的意义、生命和死亡、灵魂和肉体、信仰，等等，同时又各有独特的贡献和历史地位。用库切《何谓经典》中的话说，那些"历经最糟糕的野蛮攻击而得以劫后余生的作品就是经典"。

从这个意义上说，不管是中国的老子、庄子，还是西方的柏拉图、亚里士多德的作品，只要是真正进入世界文化宝库的，都是被公认的经典著作。读这样的书，才能进入真正的阅读，可以"以一当十""事半功倍"。如果你碰到什么读什么，你是永远走不到真正的阅读里面去的。

张大千先生曾说过："作画如欲脱俗气、洗浮气、除匠气，第一是读书，第二是读书，第三是有系统、有选择地读书。"读书对于画家尚且如此重要，何况我们教书的人？我认为，对教师而言，读书和教书同等重要。胡锦涛同志2007年8月31日在全国优秀教师代表座谈会上讲到："（教师们）以人民教师特有的人格魅力、学识魅力和卓有成效的工作赢得全社会的尊重。"这种魅力从何而来？就是从学习中来，从读书中来。而真正意义上的读书是在工作以后，这时候读书是为了自己。

阅读本该是一个私人性、个性化的精神活动，如今有时则成了"集体舞"和"团体操"。加之有媒体的渲染炒作,"跟风阅读""粉丝阅读"不断升温,俨然有"非粉丝,不阅读"的现象。不过,在阅读这件事上,跟风有时是一件好事。记得在1990年,电视剧《围城》热播时,很多人都去买钱锺书《围城》的原著。路遥的《平凡的世界》也是这样。又如塑造以陈廷敬为主要代表的清代大臣群相,反映出一个特定历史境遇中官场人物的人格、道德和行为的艰难选择,再现了三百多年前的官场风云的《大清相国》一书,印刷了15次,共31万册。"粉丝阅读"不能没有,但不能大面积存在。毕竟"读书不是为了跟别人较量,而是为了自己丰润华美"([美]克利夫顿·费迪曼:《一生的读书计划》)。读书是为了提高个人的素养,提升个人的品位,增强自己的人格魅力。阅读,是人生的智慧的标志。为了弥补自己的不足,更为了工作与研究的需要,我们必须把读书当成人生的头等大事,刻苦学习,不断完善自己的知识结构,提升文化素养,做一个真正的读书人。

关于阅读,我一直觉得它是一种个人行为,不一定非要拔高到一种信念、一种要求。但对教师来说,阅读就不仅仅是一个人的事。因为,教师是否读书,会直接或间接地影响到学生,正如教育学者张文质所说:"对大多数真正热爱教育工作的教师而言,阅读就是他们教学工作的一种继续和深化,只不过这样的工作是转向自我、转向内心。"可见,教师读书事关重大。可以毫不夸张地说,教书育人者的生命中离不开书籍的润泽。当我们每天抽出时间来阅读经典著作的时候,世界就离我们很近很近,我们的人生也变得越来越宽广。阅读，使教师更理解讲台；阅读，使管理者更理解教育。没有好的阅读，就没有好的教育。

"读书人"是一个美好的身份

何谓"读书人"？民国时期杨玉清先生在《论读书》一文中说："以读书混文凭的人，不是读书人；以读书混官做的人，不是读书人；以读书为时髦、为装饰品的人，不是读书人。"如此看来，只有喜欢读书，并把读书作为一种生活方式的人，才是真正的读书人。

我曾写过一篇文章，题目叫作《做一个美好的读书人》。在我看来，一个不大读书的人，他即便拜将封侯、锦衣玉食，他的人生亦是不够丰富多彩的，因为他的心灵生活是单调的，因为他不曾享受过远远大于他实际阅历的书中风光。

应该说，"读书人"是一个美好的身份。著名学者周国平先生说得好："每个人在一生中会有各种其他的身份，例如学生、教师、作家、工程师、企业家等，但是，如果不同时是一个读者，这个人就肯定存在着某种缺陷。一个不是读者的学生，不管

他考试成绩多么优秀，本质上不是一个优秀人才。一个不是读者的作家，我们有理由怀疑他作为作家的资格。"（《周国平论教育》）

事实上，凡是大学问家、大学者无不爱书如命。正如国学大师季羡林在《我和书》一文中所说："古今中外都有一些爱书如命的人，我愿意加入这一行列。"他本人爱书如命的程度，"就如人每天必须吃饭一样"。许广平在《鲁迅手迹和藏书经过》一文中回忆："鲁迅生平酷爱书籍，甚于一切身外之物。"蔡元培年少俊才，博学通经，后来成为中国教育界影响极深的教育家，博得毛泽东高度赞誉，称他为"学界泰斗，人世楷模"。他之所以得到如此崇高的荣誉，是与他"几乎没有一日不读书"分不开的。著名作家、画家叶灵凤不仅爱读书，也爱藏书。他在一篇题为《书痴》的文章中把书比作"友人"和"伴侣"，认为读书是一大乐事，藏书更是一件乐事。著名女作家张海迪更是一边读书、一边写作。她有一个书架，书架上排满了古今中外文学名著，如《红楼梦》《水浒传》等。在被称为"中国的保尔"，成为一名作家，享受许许多多的赞誉后，她深有感触地说："离开了书，我无法生活，书给了我力量。"季羡林先生在晚年时曾说过这样的话："我一生直到今天，可以说是极少离开过图书馆，就如人每天必须吃饭一样，经常而必须。"

当然，我们不能要求每个人都是"读书人"，但如果你不读书，你就很难得到进一步提高和发展，用80后作家兼时评人周小平的话说，"如果你不读书，没有人能帮得了你"。所以，周小平不爱看电视,每天下班后,如果没有应酬,吃完晚饭,会花三个小时来读书。当读到作者精彩的观点时,他就在备忘便签上写下自己的见解、体会,或在书旁圈点评注。

其实,读书是一种心灵活动。不同年龄的人,读书的心境也不相同。清代人张潮在《幽梦影》中言:"少年读书如隙中窥月,中年读书如庭中望月,老年读书如台上玩月,皆以阅历之深浅为所得之深浅耳。"从"窥""望"和"玩"三字中,可以看出不同的读书态度与读书心境。再说,不同年龄的人读的书也是不一样的。一般来说,人年轻的时候,为了获取知识,要读"有用"的书,但随着人年华渐长,为生命的感受,为内心的积淀,要多读一些"无用"的书。巴金先生说过:"我们有一个丰富的文学宝库,里面有丰富的文学宝藏,它使我们变得更善良、更高尚、更有价值,文学的作用就是使人变得更好。"巴金先生谈到了文学的作用,其实也是在谈读书与人生的价值和意义。

爱因斯坦曾说过:"人的差异在于业余时间。"周有光先生回忆青年时代与爱因斯坦的会见,说爱因斯坦这句话对他很有启发。他说:"人的差异在业余。据计算,一个人到60岁,除吃饭睡觉,实际工作时间不是很多,而业余时间倒是更长。通过业余学习,你可以成为某方面的专门人才。"

由此看来,一个人成功与否,要看他业余时间在做什么,他有没有阅读的习惯,有没有学习和研究的兴趣。我们周围的很多人在开始工作时,处于同一条起跑线上,但是若干年以后业务上就拉开了距离。其中一个重要原因就是,落后者在业余时间没有认真读书学习。早在十几年前,世界经济组织曾做过一次调查,结论显示:在同等条件下,爱读书的人在晋职加薪上更有优势。这个结论的原理是什么?我想,是因为阅读不仅影响到人的心灵境界,更能让人获得新知,让人在终身学习的时代不断提升自己的能力。

阅读应该成为一种自觉行为

阅读，对一个人的影响、对一个民族的影响是巨大的。虽说书籍不能改变世界，但读书可以改变人，人是可以改变世界的。书是人类认识的载体，有知识的人把所见所闻或所思所想记录下来，便成为书。有价值的书是历史的见证、知识的宝库、智慧的结晶，是一个民族、一个国家精神文明的标志。人们常说，岁月无情，然而阅读却是最有情义的。我们对世界有所认识、对人类的崇高理想有所了解，都得益于读书。通过读书，我们认识到除了衣食住行的物质生活之外，还应有高尚的精神生活。通过读书，我们了解到自古以来许多志士仁人感人肺腑的光辉事迹。

我非常赞同朱永新先生的话："一个人的精神发育史实质上就是一个人的阅读史；一个民族的精神境界，在很大程度上取决于民族的阅读水平。"社会文化和历史就是通过阅读而代代相传、继往开来的。记得2009年"两会"召开前夕，温家宝同志在与网民进行在线交流中提到:"我非常希望提倡全民读书,我愿意看到人们在坐地铁的时候能够手里拿上一本书,因为我一直认为,知识不仅给人力量,还给人安全,给人幸福。多读书吧,这就是我的希望。"我看到这段话的时候,深受启迪,也十分感动。如果我们能够摆脱"急功近利"的心情,读书的确是一种幸福,能给人安全感,正如于丹所说:"文化的力量,我们不能夸大它,它不能阻止地震的来临,也不能改变金融危机。它能改变什么?它改变的是我们面对这一切的态度,是我们自己和世界相遇的方式。"

如前所述,读书是一个世界性的话题。1995年联合国教科文组织将每年4月23日确定为"世界读书日",提出"让世界每一个角落的每一个人都能读到书"。2006年,原国家新闻出版总署在借鉴国际经验的基础上,提出"全民阅读",并会同中宣部等11个部门联合发出《关于开展全民阅读活动的倡议书》,此后连续多年大力推动,全民阅读迅速成燎原之势,呈现可喜局面。尤其是每年4月23日"世界读书日"来临之际,各地开展的读书活动,可谓形式多样,内容丰富多彩。

但我觉得,读书毕竟是每个人自己的事情,不是为了炫耀,也不是附庸风雅。前些时,我在《中国教育报》上看到一篇题为《吴锡平:在书中一天到晚游泳的鱼》的报道,说走进扬州大学教师吴锡平的办公室,很多人觉得是误入了图书馆的一个藏书室。不大的房间里,四壁都立着书橱,桌子上、柜子里、沙发旁,都被图书塞得满满当当。置身其中,他像一条鱼回到水中那样自在。如今他有1万多册藏书,分别存放在家中书房、办公室以及乡下老屋。生活中、网络上，经常有人问他："你那么多书看得完吗？"他说："看不完。"人家追问："看不完那买了干吗？"他答："对爱书人来说，有些书是用来看的，有些书是用来读的，有些书是用来摸的，有些书是用来摆那儿的。"问的人多了，难以一一回答，他就在一篇读书随笔里这样回应："阅读是一种生活方式。"这句话说得真好！

实际上，阅读是最划算的事情，一方面可以获取知识营养，陶冶情操，另一方面可以让心灵得到安顿。比起肉体，心灵更需要爱抚，而读书是滋养心灵的最佳良方。读书可以改变一个人的内心世界，使读者在任何环境中保持心灵的纯净与美好。从一定意义上说，一个人的心灵成长史，就是一个人的读书史。因此，人们应该把读书当成幸福、快乐的事，要有一种深刻的"文化自觉"意识。"文化自觉"一词，是费孝通先生在《论文化与文化自觉》一书中提出来的，其含义是："生活在一定文化中的人，对其文化要有自知之明，明白它的来历、形成过程、所具有的特色和它的发展趋势，自知之明是为了加强对文化转型的自主能力，取得适应新环境、新时代文化选择的自主地位。"

我这里说的"文化自觉"，强调的是一种"自主意识"，即把读书视为一种生活方式、一种个人的自觉行为。正如英国物理学家迈克尔·法拉第所说："学习这件事不在乎有没有人教你，最重要的是你自己有没有觉悟和恒心。"因此我认为，读书是人们日常生活的一部分，就像吃饭、喝水和呼吸一样，一年三百六十五天，天天都应与书相伴，不能只在"读书日"才想起来读书。

读书要做到"有所为有所不为"

著名文艺评论家解玺璋说，他上大学前的十年，读书都很随性，没有目标，没有系统，但非常快乐。他认为，"那才是读书的最高境界"。所谓最高境界，大概是一种无欲无求、自由快乐的阅读状态吧。

长期以来，人们围绕读书的问题，一直有"有所为"和"有所不为"的争论。其实，"功利"与"读书"从老祖宗那儿就挂上钩了。南宋文学家尤袤在《遂初堂书目》的序中说道："饥读之以当肉，寒读之以当裘，孤寂读之以当友朋，幽忧读之以当金石琴瑟。"古人读书的功效利益观，跃然纸上。宋真宗（赵恒）所作《劝学诗》讲得更加直白："富家不用买良田，书中自有千钟粟。安居不用架高楼，书中自有黄金屋。出门莫恨无人随，书中车马多如簇。娶妻莫恨无良媒，书中自有颜如玉……"这意思就是说，读了书可以做大官，获厚禄，可以不用住茅草房子，可以娶得漂亮的太太，出门有车马随从。

因此，人们常说的一句话就是"读书入仕"，你把经书读好了才能做官。到了唐朝的科举考试，更是"以诗赋取士"，你不读书、不会写诗行吗？在那个时代，你不去做官，这一辈子个人的理想和价值就无法实现。

问题是，当我们只为功利而读书时，有可能就会把读书变成一种苦役。我以为，读有用的书固然重要，但读书也不应该都是功利性的。记得2014年10月，习近平同志在文艺工作座谈会上的讲话中指出："文艺工作者应该牢记，创作是自己的中心任务，作品是自己的立身之本，要静下心来、精益求精搞创作，把最好的精神食粮奉献给人民。"我觉得这段话说得真好，也很中肯。细想一下，历史上那些优秀作家，哪个不是静下心来写作，靠作品让后人心生敬仰的？假如曹雪芹当年三天两头到朝廷去找关系，想法子去攀附他那些富亲戚贵相识，总想着再弄个一官半职，总想着发财再修座大院子，总想着让满朝文武都记住自己的名字，恐怕是写不出《红楼梦》这样在历史上产生深远影响的著作的。

当然，古代人读书也不都是功利性的。比如宋代女词人李清照和她的丈夫赵明诚，两人爱好诗词，时相唱和。为了读书取乐，两人经常在茶余饭后，针对某些书，指一段事或指一个人，考对方经书典故知识，说对了奖励对方一杯好茶，说错了惩罚。两个人为了这个事常常开怀大笑，"乐在声色犬马之上"。可见，闲适性读书，也是那个时代人们展示自己精神、丰富自己生活的一种最好方式。

今天，我们尽管有许多的娱乐活动，但读书仍然不失为一种乐趣。尤其是多读一些哲学、历史、文学之类的书，或许可以让我们的生活过得更高雅一些、快乐一些。英国作家毛姆在谈到英国文学时说："阅读应该是一种享受。……那些书，既不能帮助你获得学位，也不能指导你如何谋生，不去教你驾驶船舶的技巧，也不告诉你如何维修一辆出了故障的机车。然而，只要你能真正享受这些书，它们将使你的生活更丰富、更充实而圆满，使你感到更加快乐。"由此可见，真正的阅读应该是一种精神享受，它的妙处就在于"无用之用"。读过《老子》的人都知道，它的核心内容就是"自然、无为"四个字。老子曾云："为学日益，为道日损，损之又损，以至于无为。"老子主张的是不要被学问的外衣所蒙蔽，只注重外在的东西，而是应该体悟到学问内在的规律对人生的意义，用有用的规律指导行为，才能达到"无为无不为"的境界。

这里，我想说一个故事。大家应该都看过金庸的武侠小说《倚天屠龙记》吧？这个故事里的主人公张无忌武功很高，能够很好地表达"损之又损，以至于无为，无为而无不为"的境界。张无忌的武功非常强，但还没有达到最高境界，因为他的软实力还不够。所以他又向张三丰学太极剑，张三丰在他面前表演太极剑，张无忌没有看剑招，而是看剑意。有一天他突然说："我现在全部忘记了，忘记得一干二净了。"这说明他已经摆脱了剑式的约束，实现了人剑合一，所谓无剑无招，无我无剑，无我忘我。这是一种真正的"无为"境界。

由此说来，我们要能够摆脱一切条条框框，不要太功利，把心沉下来，全神贯注，专心做事，这样才能达到一个非常高的"无为"境界。从哲学的角度说，有用的可能是有害的，无用的可能是有用的。实际上，什么是"有用"，什么是"无用"，二者是相对而言的。再说，读书是很"私人"的事，本不应当带有浓重的功利色彩。英国大哲学家罗素说过：要读点"无用"的书。真正的阅读，从不会在书中寻找理财良方，也不会念念不忘强身健体。诸如《如何炒股》《投资交易笔记》《有病不用吃药》之类的书籍，绝不会是真正阅读的案头必备。审美的愉悦与心灵的满足，应该是书籍给予阅读者的最大快乐。因此，在全面实施素质教育的今天，教师更应该切实感受到读书是自己的学习行为，读书是自己的生活习惯，读书是自己的生存状态。这种境界，恰如梁实秋先生所说："人生到了一个境界，读书不是为了应付外界需求，不是为人，是为己，是为了充实自己，使自己成为一个明白事理的人，使自己的生活充实而有意义。吾故曰：读书乐。"（《读书苦？读书乐？》）

记得陈寅恪在1929年曾为北大史学系的毕业生题过两首诗，第二首中有"天赋迂儒自圣狂，读书不肯为人忙"两句，意思与梁实秋的话大体相同，讲的都是读书的终极目的到底是什么，是为了"学成文武艺，卖与帝王家"的实用价值，还是为了探求文化知识，寻求个人思想的独立自主？

在很多情况下，我们的阅读不可避免地具有明确的功利意识,即"有所为"。如专家的阅读主要为了专业上的研究,学生的阅读主要为了学业的完成,像这样的阅读功利性是非常明确的。

在当代阅读者中,人文学者的读书,大概最近于以"无功利的"美学态度读书,也最接近于以读书为乐的古风。以文学经典为例,一部《红楼梦》包容性极强,具有多种解读的可能,令人玩味不尽。已故红学泰斗周汝昌曾说过:"《红楼梦》不是一个好玩的小玩意,是我们民族文化的精华,因为它包含总结了我们民族的文史哲和真善美,是一个前无二例的最美的大整体。"确乎如此,文学书的魅力,是其他艺术所无法替代、不可企及的,尤其像《诗经》、《论语》、《史记》、唐诗、宋词、元曲、明清小说这样的文学经典,在任何一个时代都有欣赏与研究价值。研究秦汉史的日本就实大学人文科学部教授李开元很喜欢司马迁的《史记》,他说:"《史记》是伴随我一生的读物,我已经记不清读了多少遍。我手边的一部《史记》,已经是封面脱落,断线掉页,可以说是读破了。"他认为,《史记》堪称中国历史叙事的顶峰,精彩动人的叙事,有根有据的史实,遮掩不住的思想,是《史记》魅力无穷的原因。

也许很多人会说,做任何事情总会有一定的目的性。但是,读书并非如此。正如英国作家弗吉尼亚·伍尔夫所说:"我们读书时,谁会抱有这样的预期目的?我们热衷于做某件事情,难道就是因为这件事有实际好处吗?难道追求乐趣就不是最终目的吗?我们读书,难道不能说就是这样一件事情吗?"

所以，关于读书这件事，我非常赞同复旦大学中文系汪涌豪教授在《经典阅读的当下意义》一文中所阐明的观点："人可以带着目的读书，但不能太有目的，正如可以带着目的与人交往，又不能总带着目的，否则会很可怕。"大量事实已证明，没有"有之以为利，无之以为用"的务虚精神，没有"板凳须坐十年冷，文章不写半句空"的求实态度，处处汲汲于名，时时营营于利，那我们将很难走出功利主义的泥潭，达到读书治学的理想境界。

读书是有境界和品位的

读书，要讲一点品位。所谓品位，就是通过阅读使你的心智达到一种境界。有境界，则自成高格。那么，读书究竟有哪些境界呢？愚以为，可从以下四个方面去理解：

首先，王国维在《人间词话》中说读书有三境界：一为"昨夜西风凋碧树，独上高楼，望尽天涯路"；二为"衣带渐宽终不悔，为伊消得人憔悴"；三为"众里寻他千百度，蓦然回首，那人却在灯火阑珊处"。其一为登高望远，要有远大目标；二为呕心沥血，要有坚忍不拔之志；三为心旷神怡，得到成功的快乐。读书能达到王国维所说的第三种境界的人并不多。许多人在达到第二境界时，由于不堪忍受身体与心力的"憔悴"而打了退堂鼓。

其次，今人辑毛泽东词句也把读书分为三种境界：一为"此行何处？赣江风雪迷漫处"，二为"四海翻腾云水怒，五洲震荡风雷激",三为"萧瑟秋风今又是,换了人间"。此"三境",同王国维的观点相似,但更侧重读书时风云激荡的内心体验。

再次,童道明先生在文章中提出"读书的三境界"(2005年5月25日《中华读书报》)。在他看来,读书可以分为以下三个境界:

第一境界是马克思、鲁迅式的读书境界:他们读书不仅为自己,更为天下。马克思读了书写《资本论》,让天下的有革命倾向的人生出实际的革命理想;鲁迅读外国书译外国书,有为中国人"盗天火"的神圣感。这个读书的最高境界只有一代伟人或哲人才能达到。

第二境界是杜甫所说的"读书破万卷,下笔如有神"。最为典型的例子是曹禺1930年进入清华大学后利用三年的时间读遍了清华园图书馆中从古希腊悲剧到奥尼尔的所有世界戏剧的经典名著,之后,也是在清华园图书馆内于1934年写成了《雷雨》。这种天才式的读书境界,一般人也是难以企及的。

第三境界就是陶渊明在《五柳先生传》里说的:"好读书,不求甚解;每有会意,便欣然忘食。"这实在是一种难得的境界——悠然,从容,恬淡,还有自由。这个境界,我们自觉努力之后是可能达到的。重要的是,要"好读书","不求甚解"可以理解为不要"死读书",这样就能"会意"。据说,陶渊明先生不会弹琴,却买了一把无弦琴,高兴的时候就闭上眼睛认真弹上半天,高山流水,小桥人家,窗外的鸡儿鸟儿就是最好的知音。种豆、饮酒、赏菊、看书,实在是人生的大境界。所以陶渊明的不求甚解绝对不是我们今天理解的走马观花，而是和弹奏无弦琴相映生辉的一种人生态度；读书，又不是死读书。把书中的意境真正融会贯通，滋养成自己的东西。

宋代苏轼读书的境界也很逍遥：安静的夜里，一本好书，一壶好酒，读到尽兴的地方，就喝一口。整个夜晚就是在酒香和书香的融会贯通中盛开成一朵美丽的赤壁浪花，于是才会有"大江东去，浪淘尽，千古风流人物"的豪迈胸襟，才会有"十年生死两茫茫，不思量，自难忘。千里孤坟，无处话凄凉"的柔肠百结，才会有"但愿人长久，千里共婵娟"的美好祝愿。

还有，《红楼梦》里写林黛玉读《西厢记》，"嘴角不禁生出缕缕的清香来"。

当然，我们今天所处的时代与古人不同，没有陶渊明"采菊东篱下，悠然见南山"那样的从容、恬淡、雅致，但无论多忙，无论多累，每天都不要忘了随手翻翻书，流连其间，体验一下书中的快乐和忧伤，也不失为一种修身养性的好方法。

最后，著名哲学家冯友兰先生在《新原人》中有一个著名的"人生境界说"，他把人生的境界分成四种：自然境界、功利境界、道德境界、天地境界。在自然境界中的人，其行为是"顺习"的，也就是顺从自然来发挥自己的才能或遵循自己已有的习惯。在功利境界中的人，其行为是"为利"的，做事情都有他们确切的目的。在道德境界中的人，其行为是"行义"的，其行为所及的对象，是利他的，是有益于社会的。在天地境界中的人，其行为是"事天"的，他不仅要处理好与社会的关系，还要处理人与自然的关系。我以为,读书也有这样几种境界:一是自然的境界,二是功利的境界,三是生命的境界。

可见,由于书不同,人不同,读书的目的和方式不同,读的结果和成效就有了不同,读书的境界也有雅俗、高低之别。其中最高的境界,就是把读书作为一种生活方式,而没有功利的目的。

写到这里想起这么一件事:20世纪70年代的时候,著名学者钱锺书和妻子杨绛被下放到河南的一个地方劳动。有一天,杨绛指着窝棚说:"给咱们这样一个窝棚,咱们就住下,行吗?"钱锺书认真思索了一下,说:"没有书。"这个故事说明:人有时候物质享受可以不要,但没有书,不好过日子。读书,在一个重要的意义上,就是一种朝向自我、理解自我、解脱自我的过程。在生活中,我们每一个人都有身心疲惫的时候,都有困惑的时候,都有痛苦的时候,都有需要温暖的时候。这个时候,书店就是最好的去处,读书是"抱团取暖"的最好方式。赫尔岑说:"一个人通过阅读体验了时代。"而我要说,我们还应该从阅读中看到未来和希望。

读书是一种精神的享受

读书本是很简单的事，是人的一种精神享受。罗曼·罗兰说："和书籍在一起，永远不会叹气！"朱熹说得更加美妙："读书之乐何处寻？数点梅花天地心。"确乎如此，当代著名散文家、诗人赵丽宏在他的随笔集《读书是永远的》一书中写道："人识了字，最大的实惠和快乐就是读书。"他从小学三年级开始读《红楼梦》《西游记》《封神榜》《东周列国志》等，中学开始接触中外现代文学，比如《安娜·卡列尼娜》《堂吉诃德》和《复活》等。英国作家毛姆也曾说过："养成读书的习惯确实使人受用无穷。"不仅如此，他还发现这种理性的享受和愉悦，是最完美、最持久的。因为在他看来，养成读书习惯，也就是给自己营造一个几乎可以逃避生活中一切愁苦的庇护所。

可是，如今在很多人看来，读书是个"苦差事"。这种观念，可能是受了古代"头悬梁，锥刺股"的影响，也可能是因为现在的学生太累了，现在的考试太难了，所以一提到书就和学习连在一起，没有快乐可言。

应该说，读书是痛苦的，也是幸福的。苏霍姆林斯基说过："一个不掌握数学、不会解应用题的人，仍可以生活下去并获得幸福。然而，如果不会阅读，则不能生活，也不会获得幸福。"可见，阅读是人生获得幸福的一种渠道。如前所述，我在大学教书的时候，读书已成为生命的一部分，无论春夏秋冬，都能坚持阅读写作，大有"时人不识余心乐，将谓偷闲学少年"之感。其实，阅读大可不必那么拘谨，不必一定要正襟危坐，集中一段时间来阅读。有时候，不妨就躺在床上随便翻翻，看到哪里算哪里，不一定要一口气把一本书读完。就拿我来说，读理论书籍有时候比较枯燥，但读人物传记、教育随笔、诗歌散文，就感到很有趣。这些书看起来与我们的教学与研究没有什么关系，但是这些著作中所蕴含的思想对我们影响是深刻的。比如，我很喜欢读王国维的著作。王国维的《人间词话》正可以来描述一个读书人应有的志向与境界。

毫无疑问，人是不能离开阅读的。至于有用无用，罗丹有一句话说得好："凡是能带给我们幸福的东西，都能称之为有用。"在我看来，阅读像呼吸一样自由，像花开一样快乐，尤其是夜读。夜晚读书，是忙于生计而又欲求知者的最好选择，是做学问、搞研究的人对宝贵时间的充分利用。不仅如此，夜读还可以使人远离浮躁，怡情养性，是一种精神享受。法国思想家孟德斯鸠说得好："喜欢读书，就等于把生命中寂寞的时光换成巨大享受的时刻。"笛卡尔说得更为形象:"读一本好书,就是和许多高尚的人谈话。"无论何时何地,只要一书在手,静下心,读进去,你就能如曹雪芹所期望的,"因情入幻""自放手眼""别开生面"。那是一种唯我感知的精神保养,一种物外神游的美感享受。尤其是在夜深人静,无丝竹之乱耳,无案牍之劳形,沏一杯香茶,坐在自己安静的书房,手捧一本自己喜爱的书,与书中的圣贤会晤,尽情享受其用智慧与思想设下的盛宴,岂不是一件赏心乐事?

  从一定意义上说,古人"头悬梁,锥刺股"式的苦读令人敬佩,而孔子"知之者不如好之者,好之者不如乐之者"的观点则更值得提倡。要知道,我们这个时代,很多人无论白天的生活有多么光鲜、多么忙碌、多么热闹,很多时候晚上都要面对一个人的世界:一个人孤独的内心世界。孤单伴随着忙碌的人生,这是很多人都面临的一个问题。或许正是这个原因,作家苏童曾引用美国学者哈罗德·布鲁姆的一个观点:读书可以让一个人学会如何利用、品尝他的孤独。"在书中能够与很多人相处,会有更多的发现"。

  可如今,夜读似乎成了一种"另类"。记得五年前的一天晚上,我在书桌前夜读正酣,一位大学同窗来电话,听到我说正在重读《诗经》,他感到不可思议:"都什么年代了,干吗还在读书受穷吃苦,不如早早挣钱好好享受一下。"的确,读书,尤其是读古代经典,是不能直接产生经济效益的。然而,市场经济带来的不仅是经济发展,有金可淘,随之而来的还有源源不断的知识和现代科技。在"知识经济"年代,靠本事吃饭、靠学识立足已是不争的事实。更何况读书还会给人带来一种精神上的愉悦。有人说,读书好比旅游。这话不无道理。旅游是休闲,读书也是休闲。旅游有快乐,读书也有快乐。读书其实本来就是一种"神游",也许比旅游收获更大。"通过阅读,可以舒展心灵的翅膀,让笑容变得灿烂;可以仰望思想的星空,让目光变得深邃;可以搭建理想的阶梯,让岁月变得充实;可以品味别样人生,让生活变得阳光。"(曹保印)所以,我非常热爱金庸先生的一句话,"只要有书读,做人就幸福",并一直把它牢记在心田。随着岁月的流逝,年复一年,日复一日,读书,让我摆脱窘境,令我充实,促我成熟。书籍,已成为我的生活必需、精神伴侣。

张小砚说:"要么旅行,要么读书,身体和灵魂必须有一个在路上。"在日常生活中,我慢慢地体会到:生命原是一个不断修炼的过程,读书,更是一个人终身的"功课"。从一定程度上讲,生活中不能没有书籍。台湾著名作家董桥有一句话说得好:"人对书真的会有感情,跟男人和女人的关系有点像。"清朝康熙皇帝则说:"这世上什么东西都可丢,但书不能丢。"北宋著名诗人黄庭坚有言:"士大夫三日不读书,便面目可憎,语言无味。"面目可憎也许过了点,但对读书人来说,如每天不读点儿书,滋润自己的心灵,就有些不自在,倒是很贴切。诚如毛泽东同志所说:"饭可以一日不吃,觉可以一日不睡,书不可以一日不读。"读书不是立竿见影之事,不能立马改变生活,它是个慢功夫。几天不读好像没什么,其实你已经落后了。所以,古往今来,不知有多少人阐述过读书的重要性。孔子说："学如不及,犹恐失之。"据说,毛泽东同志当年用了很大的精力号召全党全民读书,他说:"三天不学习,赶不上刘少奇。"刘少奇也说:"一天不用功,赶不上毛泽东。"在知识大爆炸的当今,原本我们每个人都更应该自觉地拼命地去阅读,以跟上时代的步伐,但奇怪的是,阅读在今天已经成为一项需要提倡和保护的行为,这可能是文化的悲哀。

读书有益 健康长寿

汉代文学家刘向说:"书犹药也,善读可医愚。"英国小说家毛姆说:"养成读书习惯,就给自己建造了一座逃避人生几乎所有不幸的避难所。"研究证明,勤于读书能有效促进"大脑运动"。古今中外的名人志士都爱读书,像孔子、陆游、巴甫洛夫、萧伯纳、马寅初、巴金、冰心等,他们不仅把读书作为获得知识的手段,而且还把读书作为养生的方法之一。宋代诗人陆游在医学并不发达的时代,尚能活到85岁。他在诗中多处提到读书:"读书有味身忘老""病需书卷作良医"等。欧阳修自述其读书感受时说:"每遇体之不康,则取六经、百氏,若古人之文章,诵之。爱其深博闲雅、雄富伟丽之说,则必茫乎以思,畅乎以平,释然不知疾之在体。"身体的不适感,竟然因为读书而荡然无存。

不仅如此,读书还可以疗伤。我曾看过一篇文章,说1924年春,梁启超的妻子李蕙仙生病住院,一住就是整整八个月。梁启超很担心，每天陪在妻子的病榻前。为解心中的忧愁，梁启超在医院里读了好几部书。尤其是每天等妻子安静地睡着之后，梁启超便捧书静静地阅读，沉浸在古诗词的优美意境中，忘却了心中的烦恼。爱妻的去世，对梁启超打击很大，他整天闷闷不乐。为了治疗心中的忧伤，梁启超再次选择了读书。是读书，让他熬过了心灵的煎熬，重新振作起来，奋发著书立说，成就了人生新的辉煌。另一个例子，现已95岁高龄的新四军女兵莫林，其丈夫于1980年60岁时因突发心脏病而去世。为了摆脱痛苦，她坚持吟诗填词，并从中获得快乐，自称"诗牛"。

更值得说明的是，读书有益于人的健康长寿。据有关部门统计，在从业者较长寿的18类职业中，绝大多数属于脑力劳动，而脑力劳动离不开读书。从欧洲文艺复兴至今，世界上最杰出的50名科学家、发明家和文学家，都是比较长寿的；16世纪以后的400位杰出人物中，科学家的平均寿命达79岁，为最长寿一族。据报道，87岁的雕刻家、书法家钱绍武还在孜孜以求、潜心创作；著名出版家巢峰85岁时仍出新著《辞书记失》；名作家王蒙80岁自述笔耕不辍；元老辈特级教师于漪已年过80还活跃在教育战线；获第六届上海文学艺术奖终身成就奖的百岁老人徐中玉教授、96岁高龄的钱谷融教授等知名学者仍在勤奋地读书、做学问。当然，这还不足以证明读书就能使人长寿，但读书有益身心健康，是不争的事实。

为什么这样说？因为书要读进去，就必须心先静。当你静下心来读书时，就有点像练气功那样，能使人忘却烦恼，心静如水,物我两忘,身体各个系统始终处于相对平衡的状态,有利于人体远离疾病的侵袭,延缓衰老,预防老年痴呆的发生。所以,现在有些国家在医院开设了图书馆,称之为"书籍疗法",其道理就在于读书能转移不良情绪,从而促进身心健康。

读书和教育都是一种慢功夫

现代社会，求快求速似乎已成为一种时尚，一种追求，诸如"快餐""快递""快照""快车"等。即使在人的感情社会中，"闪婚""闪恋"也成了一时的风景。有些"休闲"的事情也不那么"休闲"了，如旅游，也让人深感节奏之快。"闲"字，古代人是怎样写的？繁体字写作"閒"，原来是在门里望见月亮。由此，让人不禁想起李白的《静夜思》："床前明月光，疑是地上霜。举头望明月，低头思故乡。"这是一个多美的境界啊！我们仿佛可以听到诗人在月下沉吟。

可如今，我们已经进入了一个影像时代、一个读图时代、一个手机微信时代，人们似乎很少有这样的闲情逸致了。尤其是整天奔波在大都市里的人，见面说得最多的，就是一个字"忙"。要知道，只有忙碌的人生是不完美的。或许正因为如此，台湾美学家蒋勋说，不要说自己忙，"忙"是心灵的死亡。更令人担忧的是，在应试教育的影响下，校园生活也不那么悠闲恬静了。张中行先生曾说过一句话：速度快了，诗意就少了。真正来讲，生活是不能没有诗意的，生命也是不能没有诗意的，正如台湾著名作家、诗人余光中所说的："一个人可以不当诗人，但生活中一定要有诗意！"而说实在话，今天我们在很多场合、很多背景下，经常没有诗意表达的机会。由此，我想起了唐朝。那个时代，充满着希望和梦想，诗意其实是人们的一种生活方式。

我觉得，快与慢是辩证的。快有快的意义，慢有慢的价值。没有慢，也就无所谓快。有一个道理，大家都懂得，那就是人类的学习与工作不仅仅是为了快速发展，工作只是手段，目的是为了生活幸福。幸福的一项主要内容就是"闲适"。生活中的幸福不能没有"诗意"与"闲适"。钱理群教授在谈到"教师以什么心态从事教育"时说，要呼唤从容、耐心、悠闲与雅致。我非常赞同这种说法。古希腊有句格言："闲暇出智慧。"如果一个人总是处在忙忙乱乱的生活中，又要想着工作，又要想着挣钱，还要想着上网或看电视，安静不下来，没有足够的空间去读书、研究和思考，那就不可能有开放的心灵，不可能有丰富深刻的思想，创新的灵感和智慧的火花也无从产生。

在实际生活中，有些事光图快是不行的，美好的东西是缓慢的。俗话说，"慢工出细活""十年磨一剑"，就是这个道理。就写作而言，歌德的《浮士德》，从23岁开始打腹稿，到83岁才完成；弥尔顿的《失乐园》孕育了二十七年才脱稿；左思的《三都赋》，构思十年才写成；司马迁的《史记》，写了十三年；曹雪芹的《红楼梦》,历十年之久才写成80回。可见,文学作品需要经验和长期的酝酿。

近年来,国内外读书界、出版界出现了慢阅读的呼吁和行动。例如,美国新罕布什尔大学教授托马斯曾提出"慢阅读"的概念。他主张细细品味一本好书,反对一目十行的快阅读。中国当代学者林语堂在《生活的艺术》一书中也提倡慢生活与慢阅读,他自己堪称这方面的导师。2011年4月,光明日报出版社出版了一本童书,书名就叫《慢阅读·最想读的中国儿童文学经典》,主张慢阅读要从娃娃抓起。

其实,我也是一个读书比较慢的人。在我看来,书读得越慢,心灵才会越丰富。尤其在当下,越是"快"时代越要让阅读"慢"下来。要知道,人的阅读姿势是最动人最美丽的,特别是缓慢的阅读。著名儿童文学作家伍美珍说:"我喜欢喝茶,好茶需要慢慢地品,才有味道;好书妙文,同样需要慢慢地读,才会有大收益。"正因为慢阅读是一种迷人的精神生活,所以才有许多人向往和提倡。

至于慢生活,则更不用说了。世界上的许多事情,需要人们慢慢地去品味和体察。"慢慢走,欣赏呵",这是朱光潜先生在谈到人生的情趣时说的一句名言。我国有一首老歌也唱道:"马儿啊,你慢些走、慢些走,我要把这迷人的景色看个够……"其实在古代一批读书人的身上,并不缺乏"闲庭信步"的情致,"采菊东篱下,悠然见南山",生活过得何等自得与从容。

教育,同样急不得。常言道:"十年树木,百年树人。"张文质先生在《教育是慢的艺术》一书中也曾说过:"教育需要的是持久的关注,耐心的等待,需要的是潜滋暗长与潜移默化。'立竿见影'往往是有害的,甚至是反教育的。"美国纽约大学教授尼尔·波兹曼经过认真考证后发现,"学校"这个概念最早出现于古希腊。在希腊文中,"学校"一词的意思就是"闲暇",在他们看来,只有在闲暇的时候,一个文明人才会花时间去思考和学习。

据说英国的伊顿公学,有一个保留项目叫作"周末聊天":每逢周末,每位老师都要带十位学生到自己家里,老师与孩子们一起做饭,一起聊天,一起游戏,在轻松自如中敞开各自的心扉。在他们看来,聊天可以聊出智慧,聊天可以聊出灵感,聊天甚至可以聊出神奇。实际上,我国古时候,孔子与弟子们的生活是颇有点优哉游哉的味道的,且看《论语》里所描写的那个境界:"暮春者,春服既成,冠者五六人,童者六七人,浴乎沂,风乎舞雩,咏而归。"在现代哲学家中,罗素是个强调闲暇对人生的重要性的人,为此他主张"开展一场引导青年无所事事的运动",鼓励人们欣赏非实用的知识如艺术、历史、英雄传记、哲学等的美。他相信,从"无用的"知识与无私的爱的结合中便能生出智慧。

我们说,教育是一种"慢"的艺术、"慢"的事业。为何慢?大概就慢在文化上。因为文化的改变,人的价值取向、习惯性的思维方式和工作方式的改变,不是听几场报告、读几本理论著作或几篇文章、上几堂公开课、开几次研讨会就能解决的事情。

《中庸》开篇说,"天命之谓性,率性之谓道,修道之谓教",人的教育成长应当顺应人的自然禀赋,勉强不得,急不得,快不得。

因此,在教育越来越功利化的今天,作为教师,我们应该遵循教育规律,以"慢"的心态来对待教育,从具体的小事做起,认真地教书育人,享受教育的"慢"生活。

第二辑 读书的门道

读书之法，因人而异

人间万事，都有方法论，读书也不例外。但读书之法，因人而异。每一个人的背景、学问都不一样，方法也不一样。这个方法对你不成功，对他可能就会成功。就读书而言，有人读书，只是随便翻翻就抛开了。有人读书，却要从第一个字看到末一个字才罢。其实两种方法都有道理，可兼而用之。

人们常说"教无定式"，好的教学方法可以提高课堂教学效率。读书亦然，靠规律和方法能够事半而功倍。应该说，每一个成功者都有自己的阅读习惯和阅读方式。例如苏轼用"抄读法"来加深记忆理解；华罗庚用"厚薄法"读书，由厚读薄，取其精华；陈善爱用"认理法"，读有字之书，识无字之理，记心中之思。还有所谓"求异法""引申法""猜读法""写读法"等，都是前人在读书实践中总结出来的符合个人习惯的阅读方法。

如果嫌这些例子还不够的话，我们还可以举一些当今学人的例子。生活·读书·新知三联书店总编辑李昕采取"三重奏"的阅读方法,即泛读和精读相叠、阅读与思考同步、初读和重读结合。他说,要想有收获就必须精读,可是每本书都精读却又做不到,因此,只有把泛读作为精读的基础。他认为,"读好书比多读书重要"。鲁迅文学院副院长、当代作家邱华栋曾用八个字简述自己的精读方法,即"一个字一个字地读",并把阅读分得很细:泛读、精读、浏览、不读。不过,他所说的"不读"是指不着急立刻读,但终究是要读的。在他看来,"书永远没有读'透'的时候"。中国人民大学美学研究所所长张法说,"读书是一堆一堆地读",其涉猎领域之广令人叹佩!台湾慈济大学教授林安梧说:"读书,我认为别无他法,就是一个字'熟'。要沉浸到里面,没什么功利心,按部就班,自然习成了。"可见,读书的方法各有不同,目标也各不相同,其效果的好坏就取决于你会不会读,有没有适合自己的阅读方法。

鲁迅在《读书杂谈》的演讲中讲了一个故事:一个老头和一个孩子用驴驮着货物去卖,卖完回来,孩子骑在驴上,老头跟着走。路上的人见了,就责备孩子不懂事,怎么可以让老人步行呢?于是孩子和老头换了一下,又有人看见了,说这个老头竟然忍心让小孩子走路。老头赶忙把小孩抱上来,一起骑着驴走,看见的人说他们对驴很残酷。他们只好都下来,走了不久,又有人笑他们了,说他们很傻,空着现成的驴却不骑。老头对孩子叹息说,我们只剩下一个办法了,就是两个人抬着驴走。这个故事告诉我们:读书要自己思索、自己做主,千万不要盲目听从别人的意见。否则，结果会是很荒唐、很糟糕的。关于读书，英国作家弗吉尼亚·伍尔夫也有明确表示："一个人可以对别人提出的唯一指导，就是不必听什么指导，你只要凭自己的天性、凭自己的头脑得出自己的结论就可以了。"当然，这不是反对理论、反对方法。根据我的理解，她所强调的是每个人都应该有自己的切身体会，以自己的方法去读书。

对于有些群体（如教师、医生、学生、公务员等），读书交流也是一个很好的学习方法。《礼记·学记》里说："独学而无友，则孤陋而寡闻。"阅读，有时候需要一种学习研讨的文化氛围，特别是阅读一些重要而艰深的理论书，通过学习共同体或沙龙等形式进行交流切磋是十分必要的。同时，通过研讨交流的平台，让更多的人参与各种定期或不定期的读书沙龙活动，这对推动全民阅读也有很大促进作用。

除了有效的学习方法外，一个人想要做出一番成绩，还必须具备三个方面的条件：一是天赋，二是环境，还有一个就是个人的勤奋和努力。有这样一个故事，说曾国藩小的时候天赋并不高。有一天晚上，夜深人静，万籁俱寂，少年曾国藩在家读书，对一篇文章重复朗读了好多遍，还是背不下来。背不下来不能睡觉，他只好一直朗读此文。这时候，家里来了一个小偷，潜伏在屋檐下，想等他入睡之后进去偷东西。可是等啊等，就是不见曾国藩去睡觉，只听他还是翻来覆去地读那篇文章。小偷大怒，实在忍不住了，跳出来大骂道："这种笨脑袋，还读什么书！"接着便将此文很流畅地背诵了一遍，然后轻蔑地看了曾国藩一眼，扬长而去。这件事对曾国藩触动很大。这个小偷很聪明，至少其天赋要比曾国藩高许多，但是他荒废了天赋，沦落为"梁上君子"，成了一个贼人。而曾国藩从此知耻而后勇，刻苦学习，奋发图强，通过后天的不懈努力，终于成为中国历史上最有影响的人物之一。

但话又说回来，个人的努力必须得法，而不是靠拼体力、延长劳动时间和增加劳动强度。读书也是一样，书读得好与坏，跟拼不拼命没有关系，天天开夜车，我不认为那是正确的方法。在生活中，我们不难发现这样的现象：有的人勤勤恳恳、脚踏实地地学习，结果却收效甚微。为什么？因为他们的学习方法不合适。浙江省理科状元陆文在演讲中曾经说过一句非常经典的话："不是抓紧每一分钟学习，而是抓紧学习的每一分钟。"这句话的意思很明确，不是你每天学习24小时就一定能学好，而是你可能每天只学习10个小时，甚至8个小时，但你能保证在学习的8个小时中，你是精力充沛的、专心致志的、富有效率的，这才能真正学好。当然，他这里指的是学生。成年人一般不可能一天有8个小时的读书学习时间。读书学习除了要保证一定的时间外，关键得看谁的学习效率高，方法得当。

在现实生活中，我们会碰到各种各样的读书人。比如，有的人书读得很多，但实际效果不佳；有的人书读得不怎么样，却书呆子气十足。法国思想家蒙田说："初学者的无知是获得知识以前的无知，而博学者的无知是获得知识以后的无知。"第一种是不会阅读不去阅读的无知，第二种是胡乱读了许多书的无知。毫无疑问，这两种都是不可取的。

美国的珍妮特·沃斯和新西兰的戈登·德莱顿于1994年出版了一本《学习的革命》，曾风靡全球。书中说：21世纪"真正的文盲将不再是不识字的人，而是不会学习的人"。这说明了学习方法的重要性，后来的事实也证明了这一说法的正确性。在科学技术突飞猛进、知识爆炸的今天，"渔"比"鱼"更重要。

从另外一个角度来说，知识是一条流动着的河，淘汰旧知识、获取新知识是一个流淌不息的过程，所以现成知识的效益是有限的，而方法却可使人终身受益，有方法才有成功的路径。爱因斯坦曾提出过一个关于成功的公式：成功＝刻苦学习+正确的方法+少说废话，实际上也强调了学习方法的重要性。

学会与文本对话

文本不是由单纯的文字组成的，不是死的东西，文本表达着作者的思想，用文字的形式向读者诉说作者的情感。从这个意义上说，文本不是沉默的存在，而是一个会说话的主体。读书，从本质上说，就是与文本进行信息、思想、观念、情感的交流与沟通。与文本对话的前提条件，是无功利性的阅读，随心而往，兴趣使然。

英国小说家、戏剧家、散文家毛姆说，读书必须是一种享受，而不应是为了应付考试，或者硬着头皮办差。无论是经典之籍，还是时事手册，用心读和不用心读，效果完全不一样。高尔基说："读书，这个我们习以为常的过程，实际上是人的心灵和上下古今一切民族的伟大智慧相结合的过程。"可见，读书需入心田。真正的读书，应是读者与作者面对面地交流、对话与探讨。只有这样的阅读，才能达到"置身于文内，心与文通，心与作者交融"的境界。如今,知识的信息变化无穷,读书的形式复杂多样,尤其是在物质文化、大众文化盛行的时代,我们更应该回归和坚守精神和心灵的领地,静下心来扎扎实实地读几本原著和原典。

大凡读过书的人都知道:要想真正读懂一本书,读书人就得付出心血和汗水。正是从这些费心劳神的苦读中,读书人才获得知识的乐趣与精神世界的陶冶!

值得注意的是,近年来,电纸书在包括中国在内的世界范围悄然兴起,呈日渐流行之势。在信息时代,以纸质为媒介的传统阅读在面对网络的冲击的同时,又增加了一个强劲的竞争对手。有人统计,现在是纸质书、电子阅读、电纸书三分天下。当然,不可否认,读图时代有它的优势,它形象、直观,调动了立体、声像等多种媒介形式,承载的信息符号非常丰富,不同民族、不同语言的人都能即时沟通。但正因为如此,它的先天性不足也是致命的:它太直接,扼杀了想象;它太快捷,阻滞了思维;它太直观,代替了观察;它太表面化,影响了审美层次。想象、思维、观察和审美是一个人最重要的品质,失去了这些,人会变得越来越傻。

特别需要指出的是,当下"微博体"图书已成为出版界和读者追捧的潮流。这些"微博体"图书,既非面向低幼儿童的大字单句读本,也非充满至理名言的精华辑录,大都是瞬间的思维和感受的片段,而且有的已琐屑到只是对个人经历的絮叨。因此,对于"微博书",偶尔看看无妨,权当娱乐放松。但若长期以此为精神食粮，恐怕会造成人们的"营养不良"。现在不少人既不想看大部头书，也不愿看经典，觉得读大部头书辛苦，读经典无用。这种对阅读的功利化的思维，将大大影响阅读作为一种生活方式的存在状态。

作为教育工作者，我并不否定"微阅读"。应该看到，网络时代的到来，给人们带来极大的方便。今天，书籍早已不是稀缺和昂贵之物，印刷品铺天盖地，我们处在各种各样文字的包围之中。记得在二十多年前，研究某一专题，要向中国人民大学的资料中心订阅剪报，他们把全国各报刊上这一专题的相关文献复印，逐月寄来。如今只要轻点鼠标，一下子就能从网络查到许多相关信息。博客、微博的出现，大大降低了阅读与写作的门槛。因此，对网络时代的优势，我们不能视而不见。我们要吸收它的长处，但同时一定要保住传统阅读的优势。

研究发现，传统读书的功能是"浅阅读"无法替代的，它是一种深层次的学习和思考。可是，当下人们对阅读存在认识上的误区。很多人以为自己每天都在网上看文字，就是每天都在阅读。其实网络阅读和图书阅读存在巨大的区别。浏览是粗读，是泛读，不是真正的品读，而网上的阅读大都是浏览，无法品读。所以，上海师范大学孙逊教授曾在《"读图"时代阅读向何处去》一文中指出："不仅'读图'不能替代'读书'，而且读各种'快餐书'也不能替代读原汁原味的原著。"

从广义上说，看电视、看电影、上网也是一种阅读，但其效果是不一样的。纸质图书适宜让人沉静地、系统地阅读，当人们一页一页地翻过书页时,是在一点点地汲取文化的营养。而电子信息则不一样。比如,读曹雪芹的《红楼梦》原著和看电视剧《红楼梦》,是两种截然不同的体验。电影、电视给你的常常是破碎的、片断的、跳跃式的、蒙太奇一般的零散图像,读纸质书却是一个完整而漫长的思维过程,阅读的艰辛是一种不可取代的幸福。换言之,纸质书就好像一道需要细嚼慢咽的中式大宴,而"微阅读"则是狼吞虎咽的洋式快餐。何况人类的智慧是有积累性的,传承成为经典,而网络上的文化、知识,消费性极强,即时消费,长江后浪推前浪,不到三个月又被新的时尚替代了,这些知识更富于流动性,很少能积淀下来。

随着科技的发展,"微革命"已经成为我们时代最醒目的文化标签,它改变了人们的认知结构和阅读方式。微电影、微博客、微小说、微摄影、微访谈、微旅游等碎片化的文化形态不断涌现,无缝挤进日常生活的各种缝隙和边角。这里,微,不是弱小,不是卑微,也不是那种可以随便忽略的东西;微,是精妙,是文化,是那种春风化雨、无处不在的力量。

面对"微时代",我们不能回避,也无法回避。"萝卜白菜,各有所爱",传统阅读,读的是智慧和品位,"微博阅读",读的是时尚和消遣。我个人并不排斥在电脑上读书,在手机上读书,这只是阅读的载体问题。但正如上海师范大学教授王纪人所说:"这种阅读多是'粗阅读',而不是'精阅读''细阅读'。理想的阅读应该是交叉进行的:在'浅阅读'之外,还要有'深阅读';在'快阅读'之后,还要有'慢阅读';在'微阅读'之余,更要有'宏阅读'。"如果只有"浅阅读""快阅读""微阅读",那这些阅读是没有深度和意义的。

为什么这样说?因为在一个开放的环境里,学习和坚守是最重要的。人的生命是如此短暂,时间如此珍贵,我们应该在有限的读书时间多读一些值得一读的书,而不要过多浪费在娱乐和"时尚"上。毫无疑问,网络给了我们很多知识、乐趣和有意思的东西,我们的社会需要时尚,也需要娱乐,但这些不应该是全部,也不应该是大部分。大众还需要先进思想的引领,需要高雅文化的涵濡。不是有了票房就有了一切,不是"不差钱儿"就万事大吉了。

因此,今天我们不仅要读书,而且要知道读什么书。这一点很重要。因为"读"什么决定了你"想"什么,"想"什么决定了你"说"或者"写"什么。著名作家王蒙在谈到这个问题时,曾提出几个建议:第一,要读经典,经典是经过历史考验的;第二,要掌握足够的工具书,如字典、辞典、辞源等;第三,读一点外文书。北京大学中文系孔庆东教授则认为:"作为当代人,要读四种书,按照重要性排列分别是经典书、专业书、时髦书和休闲书。"

我想,每个人的读书习惯和偏好并不一样,可以根据自己的兴趣和需要构建自己的阅读群,适当"杂"一些没有关系,就如同人吃五谷杂粮一般,是有利于个人精神的发育与成长的。正如朱煜老师在《讲台上下的启蒙》一书中所说:"一个人在学习各种有用的学问的时候,最好不要放弃'无用'的知识。"教文科的老师，要读一些自然科学方面的书，以拓宽自己的知识；教理科的老师，须读一点人文读物，增添自己的文化底蕴。我非常欣赏中学数学特级教师任勇先生的一句话："一点知识懂一切，一切知识懂一点。"虽然教师有相对的学科分工，但读书学习不能只限于学科，其他方面的知识也要懂一点，包括思维能力、表达能力和审美感悟能力，都需要提高。苏霍姆林斯基曾说："只有当教师的知识视野比教学大纲宽泛得无可比拟的时候，教师才能成为教育过程中的真正能手、艺术家、诗人。"特级教师贾志敏说："一个称职的语文教师应该是半个作家，半个评论家，半个演员，半个书法家，半个播音员，半个心理学家，半个……总之，是个杂家。"现在有一种新的学习理念，叫作"跨界学习"，正日益受到广大企业的关注与认可。跨界学习就是通过向外界学习，得到多元素的交叉。读书也是这样，没有跨界，不成阅读。

不仅如此，读书最容不得"功利"二字。大家知道，读书可以补充知识。比如财经类、保健类、烹调类——这些都是实用类的书，可以帮助我们的生活。但对于文学类、思想类的书籍，就不能用那么功利的态度了。作家张抗抗说得好："文学作品有点像中药的样子，它是调理身心的，尤其是调理心性的。要是文学的阅读伴随终生的话，一定是对我们的心性有滋润的作用。"因此，教师多读一些小说、诗歌、散文等文学作品，多学一些"无用"的知识，不是坏事。真正能提高修养、改变人生的是那些"无用"之书。传统经典中有很多陶冶性情的东西，比如陶渊明的诗、王维的诗，唐宋时期的一些优秀词作，确实能把我们带到美好的境界中去。

在我看来，诗歌特别是古典诗词是非常美的。诗的本质主要有两点：一是情感，二是创造。在古希腊语言中，"诗人"就是"创造者"的意思。中国文化是诗性文化，中国传统文化的基因就是《诗经》和《楚辞》。中华民族在五千多年的历史长河中，创造了辉煌的物质文明和精神文明，这是和诗歌的这种基因力量密不可分的。从当下看，阅读古典诗词，能抚慰人们忙碌而浮躁的心灵，给我们的生活带来诗意和想象。余光中先生说："一个人可以不当诗人，但生活中一定要有诗意。"有诗意的人，往往有真性情。

除诗歌之外，其他经典作品也是必读的。在中国传统文化中，把学问体系分为经、史、子、集四部。大体而言，经是指儒家典籍，史是指历代史书，子是指诸子百家，集是指文学艺术。如果一个人或一个民族不与这样的文字结下情缘，想提升境界，大概是很难的。傅斯年在台湾大学做校长时，推荐《孟子》成为大一新生必修，他说："没有念过《孟子》的人，就没有资格做台大人。"如果说《孟子》太长，那《大学》很短。念一遍《大学》，十分钟就可以。这是世界上最短的儒家经典，它构建了一个大的框架，自我、人与社会的关系、天下观念、宇宙论、人生观，非常丰富。其实，我们提倡阅读经典，寻找传统，不是为了复辟，而是为现代生活增加一种美好的文化形态，不是为了击退西方文明，而是让我们有所比较，有所甄别，然后有所思考。肖川教授指出，方向决定方法，思想决定思路，视界决定世界。人活着太需要有支撑我们生命的东西，太需要有让我们每一天的生活都得到鼓励和依赖的东西，所以我们需要阅读，需要从前人、他人的直接经验中，从优秀的经典著作中寻找自己所需要的东西。

有人说："有的书改变了世界历史，有的书改变了个人的命运。"回想起来，书在我的生活中并无此类戏剧性效果，它们的作用是日积月累、潜移默化的。我说不出对我影响最大的书是什么，也不太相信形形色色的"世界之最"。我只能说，有一些书，尤其是文学经典，它们在不同方面引起了我的强烈共鸣，在我的心灵历程中留下了痕迹。

我的体会是："读书，可以丰富人的感情，让人明白许多道理。"如读晏殊的"春花秋草，只是催人老"，使人顿生忧惧衰老、怜生惜时的心绪。诵苏轼的《赤壁赋》，又使人悟出无须为时光流逝、世事变幻、人生短暂而伤感，而应随遇而安，恬然自适。品秦观的"柔情似水，佳期如梦，忍顾鹊桥归路"，绵绵的恋情潮水般溢满心田。捧王实甫的《西厢记》，看到月下西厢，莺莺临窗遥望的幽怨眼波，让人油然而生"愿有情人终成眷属"的恻隐之情。从书中，我读懂了柳宗元的《永州八记》和他"独钓寒江雪"的隐逸之气；看到了九曲黄河在河东沃土上打弯驻足，鹳雀楼俯首观望，引得王之涣羽扇纶巾欣然登临。书读多了，我渐渐明白了"不自见，故明；不自是，故彰；不自伐，故有功；不自矜，故长"的老庄之道，"人人亲其亲，长其长，而天下平"的家国之理。

在反复阅读的过程中，我再次发现，那些经典的美是经过千百年确立、筛选和检验的，它们永恒不变。所以，一提到中国的经典，有人就会推荐"屈李杜苏"和诸子百家，还有鲁迅等。这似乎有点令人失望，怎么没有让人眼前一亮的闻所未闻的作家作品？这怎么可能！经过漫长的时间筛选出来的那种经典，我们无法遗忘。这就像阅读外国经典，不可能不提到英雄史诗，还有普希金、托尔斯泰、雨果和歌德他们一样。他们是在更大的时空坐标里确立的，我们无法与之隔离。正如涂又光先生所说："在基督教世界，每个人都要读一本书——《圣经》。在伊斯兰教世界，每个人都要读一本书——《古兰经》。我们中国呢？我看至少知识分子要读两本书——《老子》和《论语》。"后来，任继愈先生也有类似的说法。

如此看来，经典著作一定要看，不读不行。经典是什么？经典是人类的共同财富，是历史赠予后人的精神礼物。现在一些畅销书很是吸引眼球，但实际上未必有益。经典名著之于热门畅销书，恰如恒星之于流星，时间是最好的见证。作家张炜在《时代的阅读深度》一文中有这样的观点："要在一百年的坐标中找作家、作品。"意思是说，唯有百年的创作空间，唯经百年的阅读筛选，作品才能沉淀为经典。不可否认，时下的畅销书中也有一些好作品，但论文化内涵、厚重程度，绝大多数无法和经典著作相比。真正的好书，是具有范式意义的，它对人的人生观、价值观、审美观都有潜移默化、润物无声的影响。

特别是一些经典作品，不同人能够从不同层次去欣赏。欣赏者不同,欣赏的层面也不同。杨绛说:"'四书'我最喜欢《论语》,因为最有趣,读《论语》,读的是一句一句话,看见的却是一个一个人,书里的一个个弟子,都是活生生的,一个一个样儿,各不相同。"再看《金瓶梅》,有的人读出的是色情,有的人读出的是故事,有的人读出的是民俗,有的人读出的是"名物"。又如在《红楼梦》里,有人看到了爱情,有人看到了官场,有人看到了服饰,有人看到了建筑,有人看到了历史……这就是经典作品,无论读者的学识水平如何,无论读者是精英文化的审美,还是大众文化的审美,都能找到自己想要并且能够欣赏的部分。但是,"好书可遇而不可求",不是所有经典都适合自己。因此,读者一定要通过广泛地阅读才能遇到适合自己的"好书"。

还有一个值得关注的问题是,当代作品中有没有经典?从内容上讲,经典有古代的经典,也有现代的经典。北京大学中文系教授陈晓明认为,一个时代有一个时代之经典的标准,不能用几十年、几百年前的标准来套现在的作品。"今天要在新的世界性文学、中国文化自我更新、中华文学自我创造的语境中来理解,才能产生经典"。如路遥《平凡的世界》、莫言的作品等,都是值得反复阅读的。尤其是这两年,据说《平凡的世界》在某高校图书馆长期借阅榜上排前三名。在这快节奏浅阅读的时代,还有人捧读如此皇皇百万言的巨著,这不能不说是一个可喜的现象!

毫无疑问,经典阅读是一种精品阅读。据说,华东师大许纪霖教授很喜欢读书,可他却调侃自己读书三十多年来有"惨痛教训"——读"时人之书"太多。当年以求知若渴为荣,如今回过头来看却是年少气盛。如果多留点时间给经典，该有多好。我非常同意他的观点，经典往往记录着优秀的思想，它们总是超越时代，历久弥新的。读经典，你将从先贤的精神世界中吸收养分，从与高贵的心灵对话中得到陶冶。秘鲁作家略萨说："如果一个人不读书，或者很少读书，或者只读'垃圾书'，他可能会说话，但是永远只能说那点事，因为他用来表达的词汇量十分有限。不仅有词汇的限制，同时还有智力和想象力的限制，这是知识和思想贫乏的表现。"略萨对阅读经典的真谛做了深刻的诠释。因此，他呼吁："在新媒体时代，更要留点空间给经典阅读，因为只有经典才能给你带来智慧。"在他看来，读书倘若不是为了功利，而是为了享受，最终的追求就会落在智慧的汲取上。就像一把盐撒在汤里，你找不到摸不着，却能尝到它的味道。智慧是生命中的盐。但我们现在喝的多半是清汤，没有味。智慧是一个整体，是一种融通，是知识上的知识。由此，我想起了商友敬先生曾经说过的话："知识由两个层次组成：浮在上面的是'信息'，它能为你所用，而不能沁人心扉；沉在下面的是'文化'，它积淀而为你的修养、思想、观念。"实际上，他是在告诉我们：读书切忌浮躁、功利和盲目。功利的读书人读到的是"信息"，修身的读书人读到的才是"文化"。

说到"文化"，我不得不多说几句。我认为，文化和科技是不一样的，文化本身就是人们的日常生活，就是人们的言谈举止，就是人们潜移默化的一种价值理念。从整体上讲，它是人类为了生存和发展所创造的物质财富和精神财富的总和。一棵自然生成的树，一块藏之于地下的煤，不是文化。当人们去认识它们、利用它们，和人类的生存与发展搭界时，就成了文化。所以有人说，文化的本质就是"人"化，就是以"文"化人。人能从动物人变成社会人，从野蛮人进步为文明人，从低级文明人发展为高级文明人，靠的就是文化。人是文化的第一载体，人创造了文化，文化也创造了人。文化是人类社会的基因。有了这样一个视角，我们才认识到：人类一切的创新都是从文化创新开始的，而一切文化的创新又是从知识创新开始的。文化的载体是知识，知识的载体至今主要仍是书本。知识对于人类来说，是非常重要的。西方哲学家有句名言："知识就是力量。"现在看来，这句话不十分确切。如果从反面讲，"没有知识就没有力量"，这就对了。没有知识这一载体，就没有文化，但知识并不等于文化。

要读精品之作

人的一生要读很多书，但从严格意义上讲，真正值得精读的好书并不多。好书，一定经得起时间的考验。习近平总书记说的"温润人心，传得开，留得下"，是对优秀作品最好的定义。"传得开"说明其广度，"留得下"说明其深度。李白、杜甫留下那么多优秀的诗篇，过去了一千多年，我们仍在传诵。他们的作品，无论在深度还是广度上，都达到了时代的高峰。

大家知道，古人说"学富五车"，是形容一个人有学问，在今天来看是不可能做到的。但是实际上古代的五车书并不多，那时候"车"是牛车、马车，而且"书"都是一卷卷的竹简。一卷几千字，一车下来也就十万字以内，所以学富五车是可以做到的。杜甫有诗："读书破万卷，下笔如有神。"古人的一卷不是指现在的一本书，几千个字在古代就是一卷书了。

余光中先生说："凡是值得读的智慧之书，都值得精读，而且再三诵读。"什么是值得一读的好书？就是能让你读完后停下来想一想的书，有可能一句话、一个很小的细节，让你惊喜或让你触动，让你去想作者这样写、这样说背后的思维。尤其是面对古今中外的一些经典名著，我们只有自己去读、去体会，才能领略其洋溢在字里行间的生活兴味和揭露生活底蕴的诱人魅力。因为，经典从来不是从外在给我们一种知识的灌输，而是从内心完成一种情怀的唤醒，它像生活本身一样丰富。所以，我非常认同刘良华先生的一句话："像海明威的《老人与海》，只要你读到'一个人可以被消灭，但不可以被打败'就够了，这句话就抵一本书。"

同样，如果我们读《论语》，弄明白了"己所不欲，勿施于人""己欲立而立人，己欲达而达人"；读《孟子》，弄明白了"富贵不能淫，贫贱不能移，威武不能屈，此之谓大丈夫""民为贵，社稷次之，君为轻"；读《老子》，弄明白了"上善若水""道法自然""君子后其身而身先，外其身而身存""无为而治""天下大事，必做于细；天下难事，必做于易"；读《庄子》，弄明白了"举世誉之而不加劝，举世非之而不加沮""鹪鹩巢于深林，不过一枝；鼹鼠饮河，不过满腹"……如此透彻地阅读，有时候会胜过博览，可以触类旁通，一以当十，一以当百。

当然，我们所说的经典，是指各界推荐的中外名著。周国平先生说："读书要读大师或经典之作，之所以读经典，是因为经得起时间的洗礼，留下的都是精华。"如果从上千本经典书中选择五十本来读，你一辈子就是一个大写的"人"。陈寅恪先生说过:"中国书虽多,不过基本几十种而已,其他不过翻来覆去,东抄西抄。"到底是哪几十种,他并没有说。但我想,就教师而言,在中国传统文化经典领域,从教育专业看,要读《论语》《孟子》《学记》等;从文学修养看,要读《诗经》《楚辞》、唐诗、宋词、元曲、明清小说等;从了解历史看,要读《史记》《资治通鉴》等。像这样一些经典作品,我们在阅读时一定要做到专注、静心,不能太性急,不能贪多求快,要细嚼慢咽,仔细品味,用心去感受,对其中精要部分最好能背诵。

我觉得,读书如同进食,要会玩味,特别是那些精品之作,你会越读越爱读,越读越有"味"的。其实,古人早就有"书味"之说了。如宋代李淑说:"诗书味之太羹,史为折俎,子为醯醢。"清代诗人袁枚说:"读书不知味,不如束高阁。蠹鱼尔何如,终日食糟粕。"《红楼梦》的作者曹雪芹说:"都云作者痴,谁解其中味!"著名的"三味书屋"就出自李淑的《邯郸书目》一书。可见,无论读者、作者,都希望读出书中的"味"。为此,台湾著名华文文学大师王鼎均写有一本书,书名就叫《书滋味》。王鼎均以味道来品书鉴书,读书犹如在品尝美食,书也有书的滋味,这无疑是个精彩的比喻。如他说三毛是"苦而有味",杨牧是"咸而有味";如说朱天心、朱天文姊妹是"大朱如橘,小朱如橙",鲁迅与张天翼"读前者如吃核桃,读后者如嗑瓜子";如说"杨绛熬过大劫大难,犹能写出五味调和的《干校六记》,非人人可及"。何止如此?英国作家乔治·吉辛更能嗅出书的"气味"来,他说:"我对自己每一本书的气味都很熟悉,我只要把鼻子凑近这些书，它们那散发出来的书味就立刻勾起我对往事的种种回忆。"

　　说到这儿，我又想起一本书中讲的故事：有一天，美国科学家富兰克林走在路上，偶遇一位白发苍苍的老妇人，她面黄肌瘦，饿得走不动了，坐在路旁。富兰克林见老妇人实在可怜，便把自己准备路上吃的仅有的一块面包取出来送给她。老妇人感激万分，但看到富兰克林好像也并不富裕，便推托着说："还是留着您自己吃吧！""您吃吧，我包里还有呢。"富兰克林一边说，一边拍着装满书的背包。老妇人只见富兰克林从包里取出一本书，读了起来，便说："您怎么不吃面包啊？"富兰克林笑着回答："读书的味道比面包可好多了！"说完，又津津有味地读了起来。

　　为什么人们常说"书香"和"书味"？我想，或许正是因为读书是一种愉悦、一种沟通、一种享受吧！

经典"不厌百回读"

苏格拉底说:"最重要的不是生活,而是好的生活。"没有经典,当然不会有好的生活。在拉美文豪博尔赫斯的设想中,"天堂应该是图书馆的模样"。这所图书馆中,一定是摆满经典的。

何谓"经典"?据《汉语大词典》可知,"经"是"对典范著作及宗教典籍的尊称","典"是"指可以作为典范的重要书籍";二者因同义合成为"经典"一词后,便有了指称"作为典范的儒家载集"和"宗教典籍"这两个义项,及至近代,人们也用它来指称"权威著作"或将其用作形容词"具有权威性的"。由此可见,经典是泛指具有权威性和典范性的著作。经典经过千百年来无数读者的千锤百炼、大浪淘沙,留下来的大都是生命力最强、最有价值的。

常常有人问我,该读什么样的书?我的回答是"经典"。无论时代如何变化,经典的魅力与作用是不可替代的。朱自清在

《经典常谈》中,从《说文解字》一直谈到唐诗、话本、桐城古文。其实,经典不仅有狭义、广义之分,更不限于本民族。从广义上说,无论东西方,那些体现了人类永恒价值、经历时间的淘洗沉淀下来的著作,便是经典。

所以,我认为读经典应该是广义上的,而且是要真正意义上的"读"。所谓"读书",不是说你今天去书店买两本书,明天从网上购回一包书,这不难办到,难以办到的是,你能静下心来认认真真地读完一本书,尤其是要阅读经典著作。哲学家周国平说:"认真地说,并不是随便读点什么都能算是阅读。譬如说,我不认为背功课和阅读时尚杂志是阅读。"真正的阅读,应该是读经典著作。日本有一位哲学家叫柳田谦十郎,他在自传中说他花了整整一年时间才读完康德的《纯粹理性批判》。为了庆贺这件事,他夫人还专门为他举办了一场家宴。我们可以从这个故事中得到一些启示:一个人写出一本书固然不容易,值得庆贺;一个人读完一本书也不容易,也同样值得庆贺。当然,读的是像《纯粹理性批判》这样的经典著作。因为经典浓缩了作者深刻的感悟、经验和思考,有的甚至是作者用毕生心血写成的。多读经典,可以提升自己的品位,引导你去寻找人生的意义,去追求更高、更美、更深、更远的东西。

应该说,经典阅读是全球化时代的选择。经典之所以为经典,是因为经典可以跨越时代、地域,而被最广大的读者喜欢,读者可以从中找到并印证自己的思想,引起共鸣。中外历史上不少经典之作,都是需要细细品味的。法国思想家卢梭在谈自己的读书经验时说:"读书不要贪多,而是要多加思索,这样的读书使我获益不少。"朱熹在论读书方法时亦云:"读书不可贪多,常使自家力量有余。如射箭者,有五斗力,且有四斗弓,便可挽之令满,己力胜得他过。今学者不度自己力量去读书,恐自家对敌他不过。"

但遗憾的是,许多读书人并未这样去想,因"人有各种贪婪,有一种是对知识的贪婪,什么都想知道,最终什么都不知道"(许纪霖语)。一般来说,人们总以为书读得越多越好,所以读起书来往往不加选择,见书就读、见报就看。时间长了,发现读过的那些书,在心底竟然没有留下多少痕迹。这种情况,笔者也有。当别人提到曾经充实和温暖过我心灵的那些书时,我却感到茫然,书中的内容只能记其一二,印象并不深刻。

究其原因,是我们在读书时不够专心,贪多嚼不烂,过目的书多,留下的营养却很少。蔡元培先生在《我的读书经验》一文中说他读书有两大短处:第一是不能专心,第二是不能动笔,并希望大家鉴于他的短处进行改进,一定有许多成效。

有些人读了经典,为什么不能运用自如?我看关键是没有读深、读透和读懂。所以,德国作家歌德一再告诫青年:"如果你能读书,就应该读懂。""对于书籍,就跟交朋友一样。"《论语里住着的孔子》一书的作者何伟俊认为阅读有两种:一种是"读过",一种是"读到"。"读过"的书,很快就随着时光烟消云散,而"读到"的书,能够走进灵魂里,留在生命中。我的理解,"读到"就是用心读、反复读。著名心理情感作家苏芩说:

"一本书如果只读一遍的话，对自己是没有价值的。"换言之，如果你反复阅读，甚至能把你读的经典背诵下来，特别是倒背如流的时候，就可以将其中的名言警句信手拈来，转化为自己的语言和思想。

其实，读书不仅可以提高读者的写作水平，也可以提高读者讲话的水平。正如艾德勒在《如何阅读一本书》里说的："你真想拥有一本书，你就把它讲出来。"我讲唐诗、讲宋词、讲如何读书、讲教师专业发展，等等，收获最大的不是听者，而是我自己。所以我一直认为，能够体现"讲"和"写"统一意义的最出色的形式，就是演讲。演讲、做报告，早在两千多年前就是人类传播知识、阐述观点、激励斗志的一种方式。远溯有苏格拉底、柏拉图等，近有马丁·路德·金、毛泽东等。他们的演讲所留下的文字，已成为经典名著。现在，演讲已十分普遍，政界的、文化界的、经济界的等，大都热衷于此种方式。我们现在看到很多人，若他在演讲里能够引经据典，并用得自然妥帖，那么大家都会对他刮目相看。特别值得关注的是，包括习近平总书记在内的中国领导人，在外交活动中常常信手拈来古诗文佳句，既凝练又贴切，世界因此叹服于中国文化之博大、民族精神之儒雅。但演讲的最高境界，不是语言，不是激情，而是思想。所以，要提高我们的演讲水平，就必须坚持阅读，让自己的心灵汇聚众家之长，让自己的语言拥有思想的力量。

阅读包括浏览，但浏览不等于阅读，更不等于苦读、攻读和精读。我们知道，古人读书有一个显著特点，就是慢，正所谓

"书读百遍，其义自见"。这是《三国志》中一句名言，流传很广，此处"见"字读作"现"，即指熟读之后，书籍中的许多意思会逐渐呈现出来。这句话，言简意赅，道出了读书的真谛，正所谓"三分文章七分读""一章三遍读，一句十回吟"。

许多有识之士都认为，读书并不在多，最重要的是选得精，读得彻底。朱光潜先生说："与其读十部无关轻重的书，不如以读十部书的时间和精力去读一部真正值得读的书；与其十部书都只是泛览一遍，不如取一部书精读十遍。"这是因为，读书学习有着特殊的规律，必须经历一个吸收、转化、升华的过程。特别是理论学习，只有下苦功夫、细功夫、真功夫，才能真正学懂、弄通、会用。熊十力先生对如何读书有八个字："沉潜往复，从容含玩。"凡是读过《三国演义》的人都知道，关羽爱读《春秋》，一遍不够，再读十遍、百遍。《德政之要——〈资治通鉴〉中的智慧》一书的作者姜鹏说过："说实话，我第一次翻阅《资治通鉴》，和大多数读者一样，看不懂，只是使劲想让自己读下去。"以至十年以后，他从头到尾读了差不多两遍，才逐渐理解《资治通鉴》不是单纯的历史著作，而是司马光的政治寄托。

可见，大凡经典，都不是读一遍就能懂的。毛泽东曾说过，《红楼梦》要读过五遍以后才有发言权，而他看过的《红楼梦》不同版本竟有二十余种。据说，作家路遥为创作《平凡的世界》，远离喧闹的采访，逃避热心读者的追踪，静下心来阅读，他列了一个近百部长篇小说的阅读书目。这些书，有的是重读。如《红楼梦》是他第三次阅读，《创业史》是他第七次阅读。

从方法上讲,读书有精读和粗读之分。在精读与粗读的关系中,精读是主要的,是核心。要挑一些好书,反复地读,能终身受益。苏轼有诗云:"旧书不厌百回读,熟读深思子自知。"(《送安惇秀才失解西归》)尤其是经典著作,一定要精读,读懂,读通,读透。真正意义上的阅读,离不开原著。传记和随笔作家止庵(本名王进文)说他总是会把一本书认认真真读完,不肯"匆匆一过"或"未能终卷"。好的书籍他更会一读再读,"《水浒传》读过二十几遍,书中一百零八将的星宿、绰号,都能背诵,哪位好汉在哪一回登场,谁引出他,他又引出谁,也记得清楚"。作家成曾樾也主张慢读。他说:"现在读书比较慢,因为我要读两遍:第一遍通读,不带任何主观色彩;第二遍细读,挑出其中的成功之处或欠佳之处。"

依我看,现代社会的人读书无非是两种,读专业之书和非专业之书。有人提倡"好读书不求甚解"。我以为,读非专业的书,大可不求甚解;而读专业的书则切不可不求甚解。专业地读书必须"熟读玩味",反复咀嚼,细读,深读,用司马迁的话说,就是要"好学深思,心知其意"。例如当代著名文艺评论家解玺璋为了写《梁启超传》,读了很多关于梁启超及其身边人的书籍:"丁文江、赵丰田编写的《梁启超年谱长编》至少读了五遍,同时还读了《饮冰室合集》,以及康有为、黄遵宪、谭嗣同、汪康年、唐才常、孙中山、章太炎、杨度、袁世凯、蔡锷、蒋百里、丁文江、胡适、徐志摩,乃至蔡元培、夏曾佑、张君劢、张东荪、陈独秀、李大钊、梁漱溟、陈寅恪等诸多同时代人留下的年谱、传记、书信、日记和文集。"他说自己读书爱较真,"不明白的地方我一定要弄明白,一定要知道根本"。著名散文家、诗人赵丽宏有时遇到一本好书,却又不舍得将其快速读完,"规定自己每天只读三十到四十页"。比如法国文豪马塞尔·普鲁斯特的《追忆似水年华》,文字实在太美了,所以他认为要慢读,边读边细细品味。

我想,在每一个人的一生中,都会遇到一些"舍不得读完"的好书,正如著名出版家、作家聂震宁所说:"在我的读书生涯里,有五种书可以好好说道,第一种是急着要读的书,第二种是急着要读完的书,第三种是需要熟读的书,第四种是值得重复读的书,第五种就是舍不得读完的书。当一本书让我们读到舍不得读完的时候,可以相信这是达到物我交融、物我两忘的境界了。当然这是一种很高的境界。"(《舍不得读完的书》)我觉得,这才是一个"读书人"说的话。只有当你遇到一本很厚重、很优美、很丰富的真正的好书时,才会有"众里寻他千百度"而"舍不得读完"的感觉。

话说回来,每个人都有自己的读书习惯和方法。按我的经验,读书有个由浅入深的过程。一般来说,读书可以分两步,一步是浅阅读,一步是深阅读。在我看来,一篇文章,或一本书,没读过三遍以上,不算深阅读。在读书态度和方法论上,我非常赞同宋人朱熹的说法:做学问读书,一定要耐住性子仔细领会书中的内容,千万不可粗心大意。他还说,没有明白书中的道理时,就好像有很多层东西包裹着,无缘相见,一定要今天去一层,又见得另一层,明天去一层,又见得一层。将皮全去掉,才能看见肉;将肉全去掉,才能看见骨头;将骨头敲破了,才能看见骨髓。

应该说,这种层层深入的阅读方法是值得提倡的。熊十力先生曾经说,过去一些人读名人传记往往一目十行,其实这种人在当时不过是一个名士,很少能成就大的学问。作家毕飞宇则明确指出:"我瞧不起读书快的人,读书快的人一定能够接触很多的信息。但一个失去了慢读能力的人,无论智商多高,反应能力多强,都会丧失知识内部的逻辑关系。"作家贾平凹也说过:"我看现在好多人以阅读多但不精而骄傲,这是不对的。切切不要忘了精读,真正的本事掌握,全在于精读。你若喜欢上一本书,不妨多读:第一遍可囫囵吞枣地读,这叫享受;第二遍就静心坐下来读,这叫吟味;第三遍要一句一句想着读,这叫深究。三遍读过,放上几天,再去读读,常会有再悟的地方。"尤其是在阅读已呈大众化、通俗化甚至娱乐化的今天,我们更要深度阅读、深度思维,不能满足于"我在读,这就够了"。诚如有诗所说:"文须字字作,亦要字字读;咀嚼有余味,百过良未足。"因为读书的力量不仅在于"过眼",更在于"入心"。唯其如此,我们才会在文本的字里行间发现别人没有发现的意蕴,从而透过文本,走进作者的心灵。

据说,欧美国家原来有个传统,晚上一家人坐在一起,母亲或父亲拿起书读给大家听,现在恐怕已经很少见了。我们通过因特网和电视接触很多信息,这种信息获取跟持续专注的阅读行为有本质上的差异。浮光掠影的信息使我们停留于表面，而阅读经典则帮助我们进入更深的世界。

　　因此在当今时代，我们不反对快餐文化、流行艺术，但是我们反对用"读图时代"和"快餐文化"来排斥经典阅读，排斥深度阅读。古人云："《文选》烂，秀才半。"即指熟读《昭明文选》，可以成就半个秀才。换个角度说，大凡经典，都不是读一遍就能懂的。阅读，不是赶时间，更不是为了应付各种考试。阅读是一种慢工细活，书中的有些道理需要终生感悟。而这，正是经典"不厌百回读"的真义。

读书之要在于独立思考

在读书的过程中,作为读者,我们不应该是一个简单的接受者,也应该是一个思想者、参与者。古人提倡读书要三到,即口到、眼到、心到。口到是指朗读,眼到是指默读,我觉得这是基于古代文言文、古诗词的一种读法。当代人读书,无论是在图书馆、校园中还是自己家中的书房,能读出声来的地点怕是不多的。我感觉心到最为重要。我理解的心到,就是阅读时必须思考,思考得越深入、越广泛,其收获必然越大。

一、没有思考的阅读,不是真正的阅读

我始终认为,阅读是与思考相随的。读书是花朵,思索才是果实。没有思索的阅读,是无效的阅读。古今中外贤者无不重视思考,孔子说:"学而不思则罔,思而不学则殆。"曾子说:"吾

日三省吾身。"韩愈说:"行成于思,毁于随。"爱因斯坦说:"学习知识要善于思考,思考,再思考,我就是靠这个学习方法成为科学家的。"这些都是前人的经验之谈,尤其是我们的老祖宗孔老夫子的名言,更加令人深思:只读书不思考,后果是糊涂;只思考不读书,后果是危险。孔子所言绝非无的放矢,"学而不思"和"思而不学"是好些聪明人也容易犯的毛病。在读书生活中,我国古代曾有不少迂夫子,虽然读书破万卷,但并没有真学问,只会重复别人的东西。其原因之一,就是不善于独立思考。这样的人,读书很多,称得上博学,但始终没有真正属于自己的见解。其实,思考是读书的重要环节,思考的过程也是求异的过程。不思考,书是书,你是你。只有在思考之后,书中的营养元素才会被你吸收,进而转化为你的思想。明末清初的学者顾炎武,在平时的读书中就很注意思考问题。他认为,只有善于认真思考,才能把前人的学问融会贯通,并且在这个基础上进行创新,提出自己独到的见解。所以他在日常写作时,坚持写"古人之所未及就",也就是写前人没有涉及的。他一旦发现自己论著中有前人说过的论点,就毫不犹豫地删掉。梁启超曾赞扬他说:"凡炎武所著书,可决无一语蹈袭古人。"顾炎武能够成为学识渊博的大学者,并且在那个时代敢于批评封建君主制度,与他在平常的读书中刻苦并善于思考问题是分不开的。

所谓思考,指的不仅是把前人的知识装在自己的脑子里,更重要的是要善于反思、加工和琢磨。对此,英国大学问家培根有个形象的比喻,说我们读书做学问不要像蚂蚁那样只顾整天忙忙碌碌地储存，而不去做加工的活，也不要像蜘蛛那样整天只顾吐丝，而不注意汲取营养，而应该像蜜蜂那样既注重采集原料，同时也对原料进行加工、制作，从而创造出一种新的产品。

读书亦然，要结合自己的经历和思考，使自己的思想系统化。法国作家莫泊桑说："天才不过是不断地思考。"美国科学家富兰克林说："读书是易事，思索是难事，但两者缺一，便全无用处。"记得习近平同志在中央党校2009年春季学期第二批进修班暨专题研讨班开学典礼上说过："书本上的东西是别人的，要把它变成自己的，离不开思考；书本上的知识是死的，要把它变为活的，为我所用，同样离不开思考。"的确，"人是活的，书是死的。活人读死书，可以把书读活；死书读活人，可以把人读死"（郭沫若语）。关键在于人会思考，这是"人为万物之灵"之本质。有了思考，知识才会活了，人才能够发展、能够创新、能够超越自己。

我曾看过一段英国物理学家卢瑟福的故事：有天深夜卢瑟福走进实验室，发现有个学生伏在工作台上。当卢瑟福了解到这个学生从早晨一直到深夜不间断地工作后，他沉吟片刻问道："亲爱的，这样一来，你用什么时间来思考呢？"在卢瑟福看来，动手实践之于科学固然重要，而静心思考更为重要。

为此，我再举一个例子。著名杂文家冯英子曾讲过一个故事：一满族贵族，被任命为镇守荆州的将军。他痛哭流涕，誓不肯去。问他什么缘故，他说连关公也守不住的地方，我怎么守得住呢？与其将来失守获罪，不如不去的好。原来，满族贵族最先见到的汉文化是范文程身边的那本《三国演义》，努尔哈赤和他的将军们行军布阵，很多得益于这本书上的经验。他们把罗贯中笔下的关公奉若圣明，而《三国演义》中关公是失荆州、走麦城时死的，此人不敢去守荆州，其原因大概就在于此。他只相信自己从书上读来的经验，看不到环境的变迁，看不到现实的变化。这则故事告诉我们，读书不能"死读书"，而要像鲁迅先生所说的那样，"运用脑髓，放出眼光"，即要独立思考，善于批判。

教师的工作是教书育人，更应该把书读"活"，不能"死啃"书。特级教师王栋生说过这样的话："想要学生成为站直了的人，教师就不能跪着教书。"我要说：想要学生成为站直了的人，教师就不能跪着读书。不跪着读书，就是要有独立思考的精神。现代物理学之父爱因斯坦十分强调思考的重要性。他说："发展独立思考和独立判断的一般能力，应当始终放在首位，而不应当把获得专业知识放在首位。"他还说："提出问题比解决问题更重要。"法国作家巴尔扎克说："一个能思考的人，才是一个真正的力量无边的人。"独立思考，要有一个宁静的心态。看书要静心，才能有所悟，看完了还得思考，勤学而多思，否则不能"化为我用"。

二、尽信书，不如无书

读书不仅要多获得知识，而且应当深入思索，在设疑、解疑中有所发现、有所创造。再者，并不是所有的书都是有价值的，也不是所有的书都是有趣的。因此,我们应该通过自己的思考判定一本书是否值得读。在这方面,古人有不少精辟的论述。中国禅宗思想中,有"小疑小悟,大疑大悟"。《孟子·尽心下》有"尽信书,则不如无书"等。至于宋人朱熹则讲得更加透彻:"读书始读未知有疑,其次则渐渐有疑,中则节节是疑,过了这一番后,疑渐渐解,以至融会贯通,都无所疑,方始是学。"清人郑板桥说"书从疑处翻成悟",强调读书有"疑",方能有"悟",由"疑"到"悟"就是进步,就是读书的理想境界。李贽则从反面指出:"学人不疑,是谓大病。"所谓"质疑",就是切莫迷信书本,要能从中发现问题,要带着思考去读书。可见,提倡怀疑精神,提倡思考,这是很重要的。

明代吴应箕在《读书止观录》中记录了这么一件事:徐文远在大儒沈重那儿学习,有一天,他对老师说:"先生所讲的,都是'纸上的'。那真正深奥的境界,好像还未到哩。"徐文远虽然是学生,所讲的话却不无道理。作为教师,如果所讲的都是书上现成的,对教学内容没有自己独到的理解,那学生还要这个老师干什么?这个故事给我们的启示是:为师者读书不能拘泥于书本知识。对于书上的知识,教师要根据自己的所学、所思和所悟去阐释。这样的教学,才能给学生以切实的帮助。

三、读出自己,读出问题

从一定意义上说,我们读书,是要借书上的记载寻出一条求知之路，并不是让书本来管束我们的思想。读书的时候要随处会疑、边读边思。换句话说，要随处会用自己的思想去批评它。我们只要有自己的判断力，善于思考，敢于批评，就可以分出哪一句话是对的，哪一句话是错的，哪一句话是可以留待商量的。记得李镇西老师曾对他的学生说过八个字，对我们很有启发，就是"读出自己，读出问题"。所谓"读出自己"，就是从书或文章中读到引起自己共鸣的一段话、一个词、某个内容，与自己的生活相联系，就是我们常说的"共鸣"。所谓"读出问题"，就是一边读一边发现不懂的地方或者有疑问的地方，遇到问题就要推敲、研究乃至质疑。通俗地说，就是要提出问题。如果说"读出自己"是共鸣，那么"读出问题"便是思考。如果读一本书，既没有共鸣，也没有思考，那就不能算是真正意义上的读书。真正的阅读不仅仅是从书本中读出别人的思想，更重要的是要读出自己的思想。大凡读书的人，也许都有这样的体会：自己的思想或者与别人的思想不谋而合，或者与别人的思想针锋相对。不谋而合的共鸣，产生阅读的快感；针锋相对更是对判断力的考验，有可能是"否定之否定"，成为思辨认识上升的阶梯。

看来，读书治学成败的关键是你有没有独立思考的精神、自由思想的精神。从实际出发，带着问题读书，这样才会有所收获、有所创造。否则只是人云亦云，那样的读书是无效的。从书籍的本原看，"读"是什么意思？很多人也许不明白。"读"这个字，还念 dòu——句读的"读"，即我们今天说的标点符号。古文本身没有标点符号，现在学的古文中的标点都是专家学者给大家标出来的,这本身就不一定正确。古人是自己句读的,自己找到标点,就证明你会读了。所以这个"读"一开始就与怀疑和思考连在一块了。今天的读变成了念出声的"读",念出声是好的,但是自己应该知道句子断在何处,这证明你知道了意思。高考的句读考题,就是考查大家对意思的理解。

不仅读书如此,教育也应该有问题意识。记得柳斌在《读书与思考》一文中说过,我们现在的教育模式最大的弊病就在于不是学思学问,而是"学答"——学答问题。我们聘请了很多老师、很多专家去设计题库,去炮制答案,然后把它拿给学生,让学生死记硬背。要是把这些题目中的答案都掌握了,你考试就容易了,你就能拿高分,你就可以进重点学校,甚至可以进清华、北大了。这样,我们的教育模式在很大程度上变成了一个"学答模式"。李政道有几句话我觉得讲得非常好,他说"求学问,需学问,只学答,非学问"。做学问就是学会提问题。学问,思考就在其中。学答,只是记忆在其中。

还需要指出的是,读书需要质疑,要有批判精神,但同时也要有宽容之心。俗话说:"一个人浑身是铁,能打几个钉?"在每个专业领域,真正的知识进步很不容易,著书立说难免有知识和时代局限,读者不必过于苛求。只要读到作者某些有价值的思想片段,我们就应该对之敬重有加。尤其是读文学经典,我们在批判继承的同时,更应该有宽容和敬畏之心。文学经典之所以成为经典,一是因为它有值得我们学习的美学品质,比如它有很标准的文法,它代表一个民族某个时代生活的准确而深刻的表达方式；二是因为它有思想震撼力，并浓缩了一个时代人类的智慧。正因为如此，文学经典的意义与价值非同寻常，值得后人"重读"。学会敬畏经典，对读者来说是很重要的。

不动笔墨不读书

古往今来,读书和写作是分不开的。古人说:"不动笔墨不读书。"这是有一定道理的。俗话说得好:好记性不如烂笔头。蔡元培先生在一篇文章中说,胡适之先生有一个时期,出门时常常携带一两本线装书,在舟车上或其他忙里偷闲时翻阅,见到有用的材料,就折角或以铅笔做记号,回家后或者尚有摘抄的手续。记得有一部笔记,说王渔洋读书时,遇有新隽的典故或词句,就用纸条抄出,贴在书斋壁上,时时览读,熟了就揭去,换上新的,所以他记得很多。可见,名人的成就与他的勤奋读书是分不开的。

一、抄写是过去的人读书的基本方式之一

常言道,买书不如借书,借书不如抄书。在古代,名人抄书

的例子并不少。例如，宋代苏东坡三抄《汉书》：有一名士拜访苏东坡，通报姓名已久，苏东坡才姗姗出来。他对久候的名士惭愧地说："刚才为了完成每天的功课，十分抱歉。"双方坐定，名士说："你'完成每天的功课'指什么？"苏东坡说："是抄《汉书》。"名士说："凭先生的天才，开卷一看，可以过目不忘，何必用手抄呢？"苏东坡说："不是这样。我读《汉书》，一共手抄三遍。开初，我手抄后再熟诵每段。等到背熟了，我只抄这段的前面三个字作为题目，再背诵下去，以考查自己的记忆能力。在第二次手抄熟诵这段后，我只抄前面两个字为题。到如今，我只抄这段的前面一个字为题，就能背诵如流。"名士心存疑虑，请求说："先生所抄写的，不知我有幸可以看看吗？"（言外之意要考考苏东坡）苏东坡欣然同意，叫仆人拿出他的厚厚的几本手抄《汉书》。名士挑了洋洋数百言的一个段落，让他背诵。苏东坡倒背如流，无一字差错。名士慨叹良久，曰："先生真谪仙才也。"

还有明代文学家张溥长年累月地抄书，手指上都磨出了厚厚的老茧。《明史》记载，他"所读书必手抄，抄已朗诵一遍，即焚之。又抄，如是者六七始已"。因此，他把自己的书房命名为"七录斋"。鲁迅从15岁起就开始抄书，起初抄录《康熙字典》上的古文奇字，后来抄录《唐诗叩弹集》《唐代丛书》等书。鲁迅抄书的习惯一直保持到30多岁。相声大师侯宝林为了买到自己想买的一部明代笑话集《谑浪》，跑遍了北京城所有的旧书摊也未能如愿。后来，他得知北京图书馆有这部书，就决定把书抄下来。适值冬日，他顶着狂风，冒着大雪，一连十八天都跑到图书馆里去抄书，10万字的书，终于被他抄录到手。抄读的好处是加深记忆，增强理解。抄读的过程，就是理解、消化知识的过程，对所读内容理解越透彻，体会越深刻，则记忆越牢。

尤其值得提及的是，上海市金山区有一位退休教师名叫金余奎，今年82岁，自幼酷爱书法。退休后，他花近十年时间用小楷手抄350余万字，"写"出了四大名著。在电脑早已普及的今天，要用毛笔抄写共350余万字的四大名著，对人的意志力是极大挑战。这些年来，金余奎每天花4小时用来抄写。只要没有特殊情况，每天抄写2000字雷打不动。如此浩大的抄写工作颇费笔墨，为了达到最好效果，需要专门从安徽购买宣纸。每隔一个月，还会写坏一到两支毛笔。粗粗一算，十年共写秃200多支笔。据《解放日报》报道，最近，老人打算将自己抄写的四大名著中的《红楼梦》《西游记》留给孙辈，另外两部分别赠送给以前的工作单位和区文化部门。

此外，我还在《新民晚报》上读到了复旦大学中文系胡中行教授一篇题为《受益终身说抄书》的文章，回忆其抄书的经历和乐趣，不禁引产生共鸣。我读书也有这个习惯，读书笔记也有好几本。平时日积月累，用时信手拈来，让我受益无穷。

二、写离不开读

唐代大诗人杜甫有诗云："读书破万卷，下笔如有神。"这两句诗一下就道出了写作的秘诀乃在于读书。当然，我所说的"书不离笔"，不仅仅是抄书。所谓"书不离笔"，是指读书的时候不能空白着读，一定要适当做点儿批阅和圈点。也就是说，你看的那本书除非是从图书馆借来的，否则你不能让它干干净净的。在书上写下自己的感想和联想，这样才能证明你是真正读过这本书的。用列宁喜欢引用的马克思的一句话说："图书是我的奴隶，应当按我的意志为我服务。"列宁读书时很喜欢在书页的空白处随手写下内容丰富的评论、注释和心得体会。一旦读到具有较高学术价值的著作，他还在书的扉页上或封面上写下书目索引，特别注明书中的好见解、好素材及具有代表性的错误论断所在的页码。毛泽东更是提倡不动笔墨不看书，一本约10万字的《伦理学原理》上就写了万余言的评语。可见，一本书的真正价值和意义，是在我们读过、画过、批注之后才体现出来的。因为这样读过的书，已融入了读者的感悟和体验。

当然，我这里说的"动笔"，不仅仅是在读书时摘抄、批注、评点之类的"写"，也包括写读书笔记、写文章，乃至从事文学创作与研究等。大家知道，为了写《资本论》，马克思阅读了1500多种书，留下了100多本读书笔记；列宁在研究帝国主义专题时读了148本书，写下了60多万字的札记。尤其值得提及的是，列宁的重要著作《哲学笔记》，就是他在读哲学书籍时写的批注和笔记汇编而成的。其实，我小时候就喜欢做读书笔记，用小卡片写好。读大学时，还学着把读书卡片分类，以便于学习和研究时参考。大学毕业后，我从事教育教学与文学研究工作，就更离不开书籍了。我的家里到处都是书，到处都有笔，书桌上堆得乱七八糟。我觉得这样方便，可以随时随地很自然地读书。我们应该提倡读书是一件平常事，并不一定要很高雅。我认为，高雅不在于形式，而在于你读什么书，思考什么问题，写什么样的东西。

关于读书与写作的关系，我的看法是：读书是吸收，写作是表达，但写作离不开读与思。读与思是写的前提，写是读与思的深化。例如，老一辈学者姚雪垠读书时喜欢做卡片。他在卡片上写下重点，并注明文章题目、出处，然后分门别类。其实，许多学者都有做读书卡片的习惯。据说文艺评论家解玺璋做卡片是跟姚雪垠学的，他有一个卡片柜。他"将老子、荀子、孟子、庄子经典的话和观点写下来，并记下出处，再归类于先秦时期"。不知不觉，他的小卡片已经攒了好几箱，而那几箱子的卡片记载了他成为评论家的足迹。著名学者顾颉刚一生治学，勤于做读书笔记，从1914年开始，至1980年逝世，做笔记的习惯从未间断，60余年积累笔记近百册，共四五百万言。他发现《红楼梦》里的四字成语非常优美华丽，然后开始摘抄书中的词汇，边抄边背。即使是记忆力好得惊人的钱锺书，为写《管锥编》，笔记也做了几大麻袋。据杨绛所言，钱锺书的笔记本"从国外到国内，从上海到北京，从一个宿舍到另一个宿舍，从铁箱、木箱、纸箱，甚至麻袋、枕头套里出出进进"。其笔记不仅数量惊人，内容也广袤庞杂。

2011年8月，商务印书馆出版了《钱锺书手稿集·中文笔记》，读之令人叹为观止！

至于古人写的读书笔记则更多。如宋代王应麟的《困学纪闻》，明代杨慎的《丹铅总录》，明末清初顾炎武的《日知录》，清代赵翼的《廿二史札记》、王念孙的《读书杂志》、王引之的《经义述闻》、钱大昕的《十驾斋养心录》等，都是有名的读书笔记。另外，还有许多的诗话、词话，亦属于读书笔记之类。

当然，也有为创作而读书的。如郭沫若在一篇题为《我的读书经验》的文章中写道："为了养成文艺的写作能力，我曾读过古今中外的一些名人的作品。……譬如我要写剧本，我便先把莎士比亚或莫里哀的剧本读它一两种；要写小说，我便先把托尔斯泰或福楼拜的小说读它一两篇。"

如此看来，无论是作家还是评论家，他们的写作是和阅读分不开的。周国平先生说得好："阅读是我的情人，写作是我的妻子。"读书若不跟写作结合起来，犹如空花过眼，不能真在你心田上生根发芽。其实，有时候写作也是一种反思。巴甫连科有一句名言"作家是用手思索的"。老舍先生曾对人说，他有的写，没的写，每天至少要写500字。鲁迅先生也说过，写不下去的时候，有时是需要"硬写"的。硬写就是在某种程度下，逼着自己去观察、去思考、去记录。这种"写"的力量，牢固地根植在当代作家王安忆的使命感里。她在2012年上海书展暨"书香中国"阅读论坛上说："只要有一个人在阅读，写作就是有意义的。哪怕这个人就是我自己。"当有人问她的写作缘起时，她的回答很简单："我写作就是因为喜欢阅读。"

著名学者、新闻理论家、作家梁衡也说过，他的写作秘诀就是背书："要趁记忆好的时候多背一点东西。我写文章时经常会冒出中学时期背的东西，许多就是课本上的。比如《鸿门宴》，张良和项羽谈判，讲'张良出，邀项伯，项伯入见沛公，沛公卮酒为寿'。这个句子我至今记得老师讲的修辞是顶针格，一句顶着一句，这样文章显得连贯，一气呵成。后来我在写《清凉世界五台山》一文时不自觉地就用上了这个修辞格：'无梁殿，殿无一木，全砖到顶；明月泉，泉如碗口，可鉴星月；写字崖，崖本无字，水流则现；千佛洞，洞内怪石，如人脏肺。'"

实际上，在读书和生活中，把思考过的东西及时记下来，这一点很重要。记得朱光潜先生曾说过："关于读书方法，有两点须提起。第一，凡值得读的书至少须读两遍。第一遍快读，着眼在醒悟全篇大旨与特色。第二遍慢读，以批评态度衡量书的内容。第二，读过一本书，须笔记纲要和精彩的地方与你自己的意见。记笔记不但可以帮助你记忆，而且可以逼你仔细，刺激你思考。"南开大学著名的数学家陈省身教授，生前要求南开大学数学所的每位教师家里都挂一块黑板，以便记录即时的想法。因为他深知，有些发明创造就在一念之间，如果能及时将其捕捉并记录下来，再持续进行研究，就有可能产生意想不到的结果。反之，如果不注意捕捉这些即时的想法，就可能错过许多创造发明的机会。

说到这里，也许有人认为创造发明是科学家的事，写作是作家、教育家、文学家的事，而教师没有必要这样做，只要把书教好就足够了。其实，教师的工作也具有很强的创造性。写作，不仅是现代教育对教师提出的要求，也是促进教师专业化发展的必要补充和动力。一位学者说过:"什么是教师专业化成长与发展?系统读书+实践思考+勤奋写作＝教师专业化成长。"从科学的角度讲,写作是思维的强化训练。人的大脑有自动编程的功能,但如果长期不得启用,这种功能就会退化。一些心灵的启示和思想的火花往往稍纵即逝,须及时加以记载,而这些启示与火花通常是一篇论文、一本专著的起源。

从一定意义上讲,写作和读书一样,都需要闲适与平静的生活。著名作家贾平凹说:"我写小说的时候,喜欢专门跑到一个没电视、没报纸、没广播,也没朋友的地方,在那里,我可以专心写作。"看来,只有心静下来了,作家的思绪才能飞扬起来。被誉为苏派小说掌门人的著名作家范小青也曾说过:"写作的时候,你的心就会自然地收回来,就会安静,你会把自己很多的情怀、想法、欲望通过文字一一释放出来、传达出来。在这一收一放之间,每个人都会获得无法言说的收获,这种收获能让心灵获得滋养,并伴随我们一生。"马克斯·范梅南说,写下来是很重要的,因为只有"写下来",我们才能清楚地意识到自己知道什么。张民选教授认为,用隐性知识显性化的方法将大大促进教师的专业发展。显然,写作是"显性化"最有效也最重要的途径。经常写作,可以培养人的问题意识,提高发现问题的敏感性。

三、写比读更艰苦

上海作家协会副主席赵丽宏说,文字对他有一种无法抗拒的吸引力，而这种吸引力不只在于读，也在于写。作为读者，我们"如果能够经常用自己的语言记录读书的感想，那将是一件极有意义的事情"。

因此我认为，真正有效的阅读，应该做到既"得于心"，又"应于手"。周国平先生曾说："任何有效的阅读不仅是吸收和接受，同时也是投入和创造。"如果说"吸收和接受"是"得于心"，那么"投入和创造"就是"应于手"。从一定程度上讲，写作比起阅读来肯定要艰苦些，尤其是才开始的时候。"万事开头难"，写作亦然。过去称写作为"爬格子"，虽然有一分耕耘一分收获的美意，但其中也包含了写作"手工业"的传奇和辛苦。右手中指的那块老茧，就是握笔所致。

据说，著名作家贾平凹到现在还采用手写稿。他在自己的书房里写过一幅字："书道唯寂寞，文章惊恐成。"在他看来，和书打交道，一定是件寂寞的事，而文章越写越惊恐，觉得这也不对，那也不对。他说年龄大了以后写的这几部长篇，从没有一稿就写成的，都写了三四稿。比如说《老生》，现在成书的只有22万字，但实际上他写了100多万字，写一遍，觉得不对，推倒重来，就这样写了几遍。改一遍，抄一遍。抄的时候，又感觉不对了，那就又重新来过，就这样写过4次。你想4次要多少字？这都是用笔一个字一个字写出来的。还有《古炉》，60万字，据他自己说，前后手写的稿子有一麻袋。

退一步说，到了网络时代，"爬格子"已经过时，人们大都使用电脑写作，"笔耕"的形容也渐渐淡出，但写作毕竟是辛苦的脑力劳动,需要不断地积累和思考,需要投入大量的精力和心血。当然,写作有写作的乐趣。有时候,写作似乎比阅读更有成就感。这一点,写作的人一定体会得到。

需要明白的是,教师写作写什么?我想应该是写自己阅读的思考、体会和收获,还有教学随笔、教育叙事、教材分析、教学设计、教学案例,等等。等到有了一定的学术积累和写作基础,再写一些教学经验、教学论文,乃至课题研究。教师的写作还是要从自己的教学实际出发,循序渐进,不要贪大求全,追求高深。记得肖川教授在一篇文章中写道:"教师们,拿起你们手中的笔吧,有意识地去创作,把你们的感动、你们的困惑、你们成功的探索、你们的希望与梦想变成文字,写成文章。你们会发现你们的气质、情怀,你们的内心世界,慢慢地、慢慢地,变得纯洁、澄明,变得细腻和丰富。我相信,真诚的文字,能够将平淡如水的岁月定格为永恒。"

至于怎样学会写作,也只能是"在写中学会写"。学术研究,说到底,也是一个熟练工。多写是个硬道理。据我的经验,阅读的同时不要忘了做些笔记摘抄。特别是教育方面的书和文章看得多了,就会自然而然地将一些先进的教育理念和教学教法运用到自己的实践中来。运用了之后又获得新的体会和反思,手就发痒了,心得、论文就从笔下潺潺地流淌出来。这样教、学、思、写互动,其中的乐趣和收获是不言而喻的。

因此,我想进一步说的是:阅读与写作之道在于厚积薄发。苏轼云:"博观而约取,厚积而薄发,吾告子止于此矣。"阅读的根基有多厚,写作的高度就有多高。肖川教授曾说:"造就教师的书卷气的有效途径,除了读书,大概就是写作了。写作最能体现一个人的综合素质。"但我在现实中发现,一线教师的写作热情和写作水平并不令人乐观。客观上,是学校没有适时的引领和激励政策,也没有创设足够的有利于教师写作的氛围和条件;主观上主要是教师的认识问题。一些教师总认为写文章是件苦差事,付出多收获少,或有畏难情绪,认为自己不是写作的"料",或错误地认为写作对工作帮助不大,写不写无所谓,或认为工作忙,没时间,等等。

写作本来是最自由的行为,如果你自己不想写,世上没有人能够强迫你非写不可。俗话说得好:"解铃还须系铃人。"我认为,解决以上问题的关键仍在教师本人,其中最重要也是最有效的一种方法是:作为教师,一定要养成读书和写作的习惯。其实,读的书多了,有了一定的文化积淀,自然就会有写作的欲望,有一种"不吐不快"的感觉。现在很多学生,还有一些教师,之所以写起文章来捉襟见肘,关键是读书不够多,特别是读经典不多。当然,写作还有一个爱好和兴趣的问题。几乎所有的文学大师,所有的优秀作家,在谈到为什么要写作这个问题时都有这样两点感受:第一,写作是他们内心的需要;第二,写作本身使他们感到莫大的愉快。一句话,写作是他们生活的组成部分。所以,我敢肯定,写作这种事情,如果不是真正喜欢,花多少工夫也是练不出来的。真正的写作,是为自己写作,写自己真正感兴趣的东西。只有自己感兴趣的东西,才写得好。我的个人感悟是，教师开始写作不要企图一蹴而就写出长篇大论或课题报告，而应学会研究鲜活的教育案例，写一些教育随笔之类的短文，甚至可以从写教育日记开始。切入口要小，一事一议，以小见大，短小精悍。这样写出来的东西，内容实在，具体可感。一旦"豆腐块"的随笔写好了，"大块头"的教育科研文章也就容易写了。

四、读与写应高度融合

从更深处看，在读书与反思的同时进行写作，可以促进教师专业化发展，从而实现自我人生层次的提升和生命的升华。谁都知道，读书是一种学习，学习的目的是增长知识，扩大眼界。读书的面可以广一些，但档次一定要高。某种程度上，读书的档次对写作有直接影响，大体上决定了写作的档次。当然，还要有自己的思想、人格和认识。只有思想与人格上去了，写作才可能有高度；只有认识深刻，才能写出有深度的文章。为什么鲁迅、老舍、巴金、冰心、茅盾、钱锺书等老一辈作家能够写出好文章、好作品？我想这和他们读书的档次和积累的"厚度"有很大关系。何况教师是天生的职业读书人，活到老学到老，方可为师。

说到这里，我愿再引史学大家钱穆在给自己的孙女回信时说的话："《论语》之外，须诵《孟子》《大学》《中庸》与《四书章句集注》。《庄子》外，须诵《老子》。四书与老庄外，该读《史记》，仍盼能背诵。"能说出这样一番话的人，读书功夫绝非一般，正是这种功夫，成就了他的《国学概论》《先秦诸子系年》《朱子新学案》等一批被誉为"占领学术制高点"的杰作。尤其是《论语》，古人说"半部《论语》治天下"，"天下"都可以治，教育就更不用说了。

在今天，并不奢望小学教师中有个叶圣陶，中学教师中有个朱自清，只希望我们这些为师者能在繁忙的事务中抛弃浮躁，安定自己的内心世界，排除外界的干扰和诱惑，不被外物所役，不被名利所困，不人云亦云，不随波逐流，坚守精神家园，不断地读书学习和写作，做一个静心求学、潜心修炼的读书人。我不能想象，一个不读书的教师，他在新课程的课堂上还能教书吗？不读书，就意味着没有科研，就意味着非专业状态。因此，我认为，教师不仅要把读书与教书结合起来，还要把读书与写作结合起来。正如叶圣陶先生所说："教师善读善作，深知甘苦，左右逢源，则为学生引路，可以事半功倍。故教师不断提高其水平，实为要图。"

读书要学以致用

教师的专业发展离不开读书，但只读书不思考，用处不大，而光思考不行动，则空洞无趣。宋儒程颐说得好："读得一尺，不如行取一寸。"清人张潮也说："藏书不难，能看为难；看书不难，能读为难；读书不难，能记为难；能记不难，能用为难。"这些话，语言虽简，却道出了读书的根本。

当前，我国正处在教育改革发展的关键时期。越是在关键时期，越要加强读书学习。事有所成，必是学有所成；学有所成，必是读有所得。阅读滋养底气，思考带来灵气，实践造就名气。读书不是目的，写作也不是目的，掌握真理、指导实践是最终目的。那么在当下，作为教书育人的教师，我们应怎样提高读书的有效性，真正做到学以致用呢？

一、读书要学理论，但更要切合实际

读书是为了获得知识，提升理论素养。但是，书不是一切。读书是人生经验中重要的部分，却不是全部。因此，我认同《从文自传》中的一句话："我读一本小书的同时读一本大书。"作家沈从文所说的"大书"，指的是自然和世界、社会和人生。换言之，既要读书本，又要读宇宙万物、社会人生。

美国首任总统华盛顿有一句话说得好："读书而不能运用，则所读之书等于废纸。"换句话说，如果我们读书不能联系生活实际，不能运用于实践，就是古人所说的"学而不能行，谓之病"，就是读死书、死读书。用老百姓的话说，就是"书呆子"。孔子曾言"古者言之不出，耻躬之不逮也"（《论语·里仁》），"敏于事而慎于行"（《论语·学而》），都表达了行胜于言的观点。《墨子·修身》则谓："士虽有学，而行为本焉。"意思是：读书人光有学问还不够，只有亲身实践，才是做人的根本。《礼记·中庸》将"博学之，审问之，慎思之，明辨之，笃行之"作为立身立业之基，其中"笃行"，不可或缺。

宋代大诗人陆游在《冬夜读书示子聿》一诗中说得更为明白："古人学问无遗力，少壮工夫老始成。纸上得来终觉浅，绝知此事要躬行。"古人尚且知道"理论联系实际"，我们更应该明白"学以致用"的道理。任何时代的学习，都必然带有那个时代的深刻烙印。兴起于宋代、发展于明末、盛行于晚清的经世致用，是中国古代读书人追求的最高境界。日本近代著名启蒙思想家福泽谕吉在1874年写了一部有名的《劝学篇》，号召日本人民舍身卫国，使日本赶上先进国家。该书对文明的进步充满信心，并力言学问不只是读书和空谈理论，而必须与实际生活相结合。

还有一个例子大家也很熟：有一次，古希腊哲学家亚里斯提卜遇见一位爱夸夸其谈，自以为读了许多书的人，便忍不住上前说了这样一番话："能够摄取必要营养的人要比吃得很多的人更健康，同样地，真正的学者往往不是读了很多书的人，是读了有用的书的人。"而那位夸夸其谈者听了后，便羞怯地悄悄离去。这个案例从另一个角度告诫我们：读书不在于多，而在于读了有用。

今天到了知识大爆炸的时代，"知而后行"显得更为重要。人们不仅学了以后要去做，还必须根据实际需要来学，也就是说，读书学习要有针对性、实用性。孟子说："尽信《书》，则不如无《书》。"我们所学到的知识，只有有效地运用到生活和实践中，才能发挥应有的作用。否则，就失去了读书的意义，成了真正的"百无一用是书生"，成了蒲松龄笔下的"书痴"。

所以，教师要读书，更要实践，用《论语·子张》中的话说，"君子学以致其道"，即"学以致用"。朱熹主张读书要切身体察，"读书穷理，当体之于身"。就是要心领神会，身体力行。法国作家罗曼·罗兰说："要撒布阳光到别人心里，先得自己心里有阳光。"教师相对于学生而言，是知识的播种者、智慧的促生者、心灵的塑造者、道德的引领者。因此，教师不应该自甘平庸。要做一个好教师，就要结合本职工作认真去读一些书。教师读书的目的是什么？提升自我，成就自我，完善自我。而这一切，都是为了更好地提升学生、成就学生、完善学生。所以，有兴趣的东西，我们要学；没有兴趣的东西，我们也要学。教师读书不能只凭个人的兴趣，还要看需要而定。有人对年轻人提了这样三条建议：第一是读书与思考；第二还是读书与思考；第三不能老是读书与思考，换句话说就是要行动起来。毛泽东同志曾说过："读书是学习，使用也是学习，而且是更重要的学习。"可见，实践是最重要的，如果不在实践中去使用和检验书中所讲的道理，那就是"本本主义"，就是"读死书"了。

二、读书有消遣，但更多的是使用

从一定意义上讲，书是为人服务的。因此，我们不能读死书，要把书读"活"。人之读书，可以有多种目的，但大略说来包括两类：一类是消遣，读什么书没有固定的标准，凭自己的兴趣，喜欢读什么就读什么；一类是使用，即抱有功利性目的读书。消遣犹如消费，使用转化为创造。德国学者伊·卡内蒂说，有一种人叫书迷鬼，"书迷鬼看到所有的书，无论什么书都可以，只要读得懂就行"。这是一种兴趣爱好、一种生活方式。他们不愿聊天、不愿打牌、不愿旅行，就是愿意面对书籍，这是非功利的。但对大多数人来说，读书还有功利性的一面，比如古人的"学而优则仕"，读书是为了做官。如今，读书也有许多用处。比如你准备做一个研究，或者搞一个课题，或者想弄明白什么、回答什么问题的时候,目标明确、有方向、有系统地阅读,这就显得非常重要。

教师是离书本最近的群体,教师读书不仅是涵养自己,还应该把读书与教书结合起来。从一定意义上讲,"读书不难,其用难"。记得陶行知先生曾经说过:"我们应该明白,书只是一种工具,和锯子、锄头是一样的性质,都是给人用的。我们与其说读书,不如说用书。"作为一名教师,最忌讳的是"就知识讲知识",不会用书,不会创造。如果一个数学老师只会讲解公式,那学生怎么会感兴趣呢?教师应该通过自身的阅读,充分解读公式背后的故事,拓展公式修正的过程,这样更能打开学生的学习视野。语文老师的知识结构更要宽泛,在课堂上能旁征博引,触类旁通。其实,每个教师都应该培养阅读习惯,这样才能提高教学效益。教师要在讲台上直挺挺地站着,肚子里没有几本书撑着是不行的。教师的书架上没有书,就好像农民秋收后的粮仓里没有种子。特级教师王栋生曾感慨地说:"教师的个人修养直接作用于学生,不读书的老师怎么能教好新时代的学生?"

三、读书为己,但亦利人

教师要在读书中充实自己,发展自己。教师在读了一些书、思考了一些问题、积累了一些知识后,就要注意把这些思考和知识转化到实践中去,大胆尝试,努力改进教学,提高教学质量,引领学生成长。比如,我国古代文学长廊中有许多优美的篇章,它们吸引着人们去阅读欣赏。那优美的词句、铿锵的音节、深厚的内涵，无不陶冶人们的情操，打动读者的心。将古典诗词引入写作或教学中，既可增加文采，又可彰显你的文化内涵。只教书不读书，教书可能成为"教死书"，或是无书可教了；只读书不教书，"躲进小楼成一统"，不去实践，没有实践的检验，没有行动和研究，读再好的书也只能是"纸上谈兵"。大家知道，战国时的赵括"纸上谈兵"，食古不化，以致兵败误国。同样，今天如果我们教师读书不结合实际，不求实效，轻则害己，重则危害学生和教育事业。

因此，教师读书一定要讲求实效，把读书与教书结合起来，在教书的过程中多读书，汲取书中的营养用于教书。古人说的"读万卷书，行万里路"，也是这个意思。对顾炎武的这句话，人们的一般理解是，一个人做事或做学问，一方面要读书，另一方面也要实践。其实，这句话还有一层意思，是说"读书与实践两者有互动互构的关系。实践越多，体验越多，那么读书才能读懂读透；反过来，读书越多越深，实践就越自觉，收益就越大"（童庆炳）。因此，对于读书来说，除了消遣娱乐，我们总应该有一个目标和追求。只有坚持学以致用、用以促学、学用相长，把读书与工作、事业结合起来，才能真正把学习的收获转化为教师发展的实际本领，并从中获得源源不竭的动力。读以为学，可以增加知识；学以致用，可以把工作干得更好。这样，读书也就有了非同寻常的意义。著名教育专家顾泠沅，曾在上海市青浦县（现为青浦区）任中学教师十余年，边读书边实践，笔记记了100

本，主持青浦农村教改实验十五年，其研究成果被中国教育学会评价为具有重大的理论价值和实践价值。著名特级教师赵谦翔，他的语文教学之路，发动于读书、升华于读书，他把课外读书与课堂教学挂钩，开创了"青春读书课"，语文课堂活水绵绵，生机无限，学生获得了素质提升和决胜高考的"双赢"。可见，对教师来说，读书的最高境界是将需要与兴趣结合起来，头脑中始终装着"教育"两个字。

读书要善于选择

英国作家阿瑟·柯南道尔认为,读书一定要有选择。他曾借福尔摩斯之口说:"人的脑子本像一间空空的小阁楼,应该有选择地把一些家具装进去。只有傻瓜才会把他碰到的破烂杂碎一股脑儿装进去。"他还说:"漫无目标、无书不读的人,他们的知识是很难精湛的。"这些话对我们不无启发。

读书要有所选择,在今天看来,显得十分重要。也许有人会问,博览群书是古人所提倡的,现在我们为什么非选择不可?我们知道,西潮东渐以前,中国有的学者曾有"读尽天下可读书"的抱负。但是,今天的博览群书,和古人的博览群书,还是有差别的。古时候书少,很多书是以诗词、文言文的形式写下来的,言简意赅。即便是古代散文,每一篇也不长,博览群书比较容易。而现在这个时代知识大爆炸,书太多,各类图书让人眼花缭乱,各种读本纷涌,长篇巨制铺天盖地,我们大概只能选择自己最想读或必须读的书来读了。

大家知道，当代著名学者钱锺书一生读书无数。有一次，他到美国访问的时候，去参观国会图书馆，图书馆里的人因其藏书量很大而骄傲，同去参观的人也无不为之惊叹，只有钱锺书一个人默不作声。图书馆里的人问他有什么观感，他忍不住笑着说："我也充满了惊奇，惊奇世界上有那么多我所不要看的书！"这话听上去是风趣，客观上却是事实，一个人不可能读完所有的书。19世纪英国作家罗斯金说过，一个人"生命是短暂的，空余时间很少，因此我们不应把一刻空余时间耗费在阅读价值不大的书籍上"。

所以，今天我们既要提倡多读书，又要有选择意识，要多读好书。其实，看一个人的气质和学问，最简单的办法，就是看他读过什么书。毛泽东同志是我党历史上爱读书、会读书的领导人，他早年常说："读书要为天下奇。"他所说的"奇书"，不在择读之量，而在择读的内容和效果。毛泽东的择书，排在前三位的是哲学、马列和文史。在毛泽东晚年时，仅《红楼梦》他便阅读和收藏了二十种不同版本的线装书。当然，那些与他的实践活动关系不大的书，他也有选择地阅读。除《红楼梦》之外，我觉得，中国古人的著作，最令人仰慕的要算司马迁的《史记》了，鲁迅称之为"无韵之离骚"。当然，《论语》也是一部十分耐看的书。千百年后，我们读之，孔子和他的弟子们，仍然如闻其声，如在目前。

说到这里，我自然想起了古人的一句话："开卷有益。"应该说，这句鼓励人们读书的话没有错。但是，这并不等于说读任何一本书都是"有益"的。尤其是自己以前没有看过的"新书"，一定要有所选择。美国哲学家阿尔考特曾说过："好书使人开卷时会有所求，而闭卷时获有益处。"其实该读什么书、不该读什么书，或者在什么年龄段该读什么书，历史上、现实中都有许多建议，著名的比如"少不读《水浒》，老不读《三国》"。所谓"少不读《水浒》"，因为少年血气方刚，易于冲动，看了《水浒》学里面的暴力英雄，可能走上歧途；所谓"老不读《三国》"，或许是因为深谙世故的人读《三国》，洞悉其中的阴谋诡计，尔虞我诈，难免会愈加老谋深算、沟壑满胸，"老读《三国》是为贼"。

我一直认为，书是有等级的，是有好坏之分的。记得王充在《自纪》中论评价文章好坏的标准时，说过这样一句话："为世用者，百篇无害；不为用者，一章无补。"他所著《论衡》一书，便属于"为世用者，百篇无害"的好书，至今仍为人们所珍藏。有人说，书是人类的仓库，但仓库里藏的东西不一定完全是好的，也有霉的、烂的、不合用的。所以，一个人不能随便读书。别林斯基曾说，阅读一本不适合自己阅读的书，比不阅读还要坏。

如此说来，读与不读，粗读与精读，都要有所推敲。何况今天印刷术那么发达，出的书不计其数，版本也很多。比如《论语》一书，就有无数的版本，让读者不知道读哪个好。尤其是一些外国文学作品，不同版本，差别很大，一定要选名社、名翻译家的版本。另外，还有内容、文字等方面，都要有所选择，学会取舍。比如读书破万卷的袁晞，近二十年一直在人民日报社工作，是《人民日报》文艺部的一名高级记者，他的择书标准是"都看一流的"，从不迷信获奖作品。他说，"经典是人类文化积累的优秀成果，是从全世界千百年间浩如烟海的书籍中精选出来的"，而某些获奖的中国小说，仅仅是从中国的千本书中选出来的。除经典外，他还主张应该尽量多读一手的原著。

中国有一句老话："尽信书不如无书。"要做到这一点，我们不仅在面对书海时要学会选择，在面对同一本书时，也要善于对其内容进行选择。现在的一些图书，平庸陈旧的内容比较多，真知灼见比较少，书中的很多话别人其实都说过了，不过是改头换面炒冷饭，如果我们捧着这样的书籍，还一本正经从头读到尾，岂不是浪费时间？

人生太短，好书太多，对不值得去读的书，那就干脆不要读。那么，什么样的书是值得读的呢？具体地说，你在书店里，或者在图书馆里，拿起一本书，应该怎么取舍呢？余光中先生在《开卷如芝麻开门》的文章中有一段论述颇为精妙：

> 朱光潜说他拿到一本新书，往往先翻一两页，如果发现文字不好，就不读下去了。我要买书时，也是如此。这种态度，不能斥之为形式主义，因为一个人必须想得清楚，才能写得清楚；反之，文字夹杂不清的人，思想也一定混乱。所以文字不好的书，不读也罢。有人立刻会说，文字清楚的

书,也有些浅薄得不值一读。当然不错,可是文字既然清楚,浅薄的内容也就一目了然,无可久遁。倒是偶尔有一些书,文字虽然不够清楚,内容却有分量,未可一概抹杀。某些哲学家之言便如此。不过这样的哲学家,我也只能称之为有分量的哲学家,无法称之为清晰动人的哲学家。……一个作家如果在文字表达上不为读者着想,那就有一点"目无读者",也就不能怪读者可能"目无作家"了。朱光潜的试金法,颇有道理。

这里,我还想补充两句,如果一本书拿起来觉得看不懂,无非有两种原因:一是作者故弄玄虚或词不达意,这种书当然没有读的必要;二是作者写得很好,但你现在的水平还达不到,这种书也不应该读,而应该等你过一段时间水平提高了之后再读。所以,不论哪种原因,对于书籍,只要你读不懂,就不该勉强自己去读。还有一点就是不要人云亦云,别人都说好的东西,并不一定适合你。尤其对于学生的课外阅读来说,更应该如此。真正的智慧都是相通的,智慧也绝不会只集中在哪一本书里或哪一个人手中,少读一本书,少看一个人的著作,天塌不下来。所以,选择书籍有一个很简单易行的办法:你拿起来,随便看五分钟,先看目录,再选读其中的章节。如果它在五分钟之内吸引了你,那就可以买;如果五分钟之内不能吸引你,无论是读不懂、不喜欢还是别的什么原因,就不要买。这个方法难免错过一些好书,但现在市场上书实在太多,不得不快刀斩乱麻,节约出选书的时间来读书。

这样看来,"善选"是阅读的前提。从很大程度上说,一个人的读书品位,是从其择书水准开始的。这种水准的培养不可能一蹴而就,它需要漫长的关注、反复的比较。孔子主张"三人行,必有我师焉,择其善者而从之,其不善者而改之"(《论语·述而》)。一个"择"字,说明了人的学习需要一定的辨别能力。而卢梭在《爱弥儿》一书中指出:"问题不在于学到的是什么样的知识,而在于所学的知识要有用处。"

原则上说,没有哪本书是必须要读的。但事实上,有些书对一个人的精神成长具有筑基价值,是民族的文化之根。正如《圣经》之于西方人,"孔孟"、"诗骚"、"李杜"、《红楼梦》之于华人,莎士比亚之于英国人,泰戈尔之于印度人,等等,都难以绕过。毫无疑问,这些书对一个人的思想启蒙而言,你读和不读是不一样的。

回想自己的读书生活,我觉得真正"有益"的,往往是重读时的感受。因为在我看来,真正称得上"百读不厌"的书,大都是那些最有价值的古今中外经典名著。于丹说过,阅读经典,真正的目标就是在任何时候,"我们每一个人都能找到自己的人生"。然而,现在有些年轻人常说"我就是我","我只愿意做我自己",却不知这个"我",这个"自己"从哪里来。其实,我们从小到大都在不断接受传统文化的教育。在我们从一个自然人成长为一个文化人的过程中,经典阅读无疑起着不可估量的作用。作家巴金说:"我们有一个丰富的文学宝库,那就是多少代作家留下的杰作。它们教育我们，鼓励我们，要我们变得更好，更纯洁，更善良，对别人更有用。"这话说得多好啊！的确，文学的目的就是使人变得更好，只要你愿意亲近它，你就可以从其中得到好的教育和美的享受。

而具体到中小学教师的工作实际与学习需求，我们当下应该读哪些书呢？在我看来，提升教育理论水平要阅读陶行知、叶圣陶、苏霍姆林斯基、霍华德·加德纳等中外教育名家的教育理论著作，魏书生、于漪、朱永新、李镇西、肖川等一批活跃在教育研究和实践前沿的老中青年实力派教育专家的著述；强化专业素养要读柳斌主编的《中国著名特级教师教学思想录》（分学科卷）以及雷玲主编的《听名师讲课》（分学科卷）、窦桂梅著的《梳理课堂》；拓宽知识和视野要读一些报刊，如《读者》《新华文摘》等。特别是《新华文摘》，它是知识百科类的刊物，读一本刊物，就像树木扎根在丰沃的土壤里，汲取水分和各种养料。

如果要走向更有深度的阅读生活，站在宇宙的高度看人生，站在人生的高度看教育，我建议教师要多读点教育以外的书。比如，多读一点关于历史和哲学的书。历史是一个民族、一个国家形成、发展及其盛衰兴亡的真实记录，是前人的"百科全书"，即前人各种知识、经验和智慧的总汇。毛泽东同志在青年求学时期就曾说过："读史，是智慧的事。"就是说：你要增加智慧吗？史书是不可不读的。读哲学不仅是为了获得哲学思想，更是为了获得哲学的思维方式。恩格斯早就指出：一个民族要站到科学的最高峰，就一刻也不能没有理论思维，而要发展和锻炼这种理论思维，唯有学习哲学。一个民族是这样，一个人的发展也是这样。著名国画大师傅抱石的小女儿傅益瑶的画特别有深意。友人问她秘诀，她的回答是：我读哲学，哲学使人深刻，使人通达。

读书时间是"挤"出来的

说到读书的客观条件，不用解释，我以为当今是有史以来最好的。而从另一个方面讲，其实读书是不需要什么条件的，不读书却有很多借口。小时候听过一首打油诗，其大意是："春天不是读书天，夏日炎炎正好眠。秋来身乏不堪受，冬雪飘飘等来年。"这一首"不学调"，视读书为畏途，以各种借口逃避读书。今天，对那些在学习上想偷懒，不肯下功夫读书的人来说，仍有讽刺意义。

人生在世，似乎每一天都不难找到推托的理由，却不知这样的借口越多，人生一事无成的概率就越大，终生碌碌也就无可避免。事实上，无论升学考试，还是结婚生子、评级提干……若要走得顺利、做得好，离开读书是不大可能的。我的意思，不是说不读书就无法生活，不读书固然也可以活下去，但读了书则可以生活得更好。这一点，我想大家都可以认同。

有道是："读书永远不能等。"这句话有两层意思：一是要趁早，从小养成读书的习惯。儿童时代是记忆的黄金时段，记忆得快，忘得慢，这时多背一些经典，非但不会感到困难，还会有乐在其中的感觉。《学记》有云："时过然后学，则勤苦而难成。"等到了成人的时候，即使费上大于儿童几倍的时间，也不可能达到儿童背诵的效果。著名作家、学者王蒙曾说过："读书要趁早。越是年轻时，读书印象越深。"经验证明，一个人在青少年时期倘若没有养成读好书的习惯，以后再要培养就比较难了；倘若养成了，则必定终身受用。二是要挤出时间去读。民进中央副主席朱永新说："晚上读书，早起写作，几十年来已经形成了我的生物钟。我的大部分文章都是利用别人休闲娱乐的时间完成的，所以我坚信，阅读、写作的时间挤挤总是有的。"

朱自清在散文《匆匆》里写道："燕子去了，有再来的时候；杨柳枯了，有再青的时候；桃花谢了，有再开的时候。"但是，我们的日子一去不复返了。有道是，时间是一个无头无尾的序列，昨天已经逝去，明天还没有到来，可以抓得住的就是今天。所以我常想，补昨天之非，创明天之是，必须通过今天的努力。时间，对每个人都很公平。有没有空儿阅读，不在时间，在人。有句话说："改变不了环境，可以改变自己。"尤其是在这样一个生活和工作节奏日益加快的时代，已经很难找到西窗高卧的闲暇。如果等有时间才阅读，可能永远都不会有时间。

古今中外，凡是在历史上有所作为的人，无不把时间视如生命般可贵。爱因斯坦在给他的妹妹的一封信中说："除了读书之乐外，我从不允许自己把一分一秒浪费在娱乐消遣上。"一次有一位老朋友来看望他，当面问爱因斯坦："现在你想要些什么东西？"爱因斯坦回答说："我只希望还有若干小时的时间，让我能够把这些稿子整理好。"斯大林也比一般人更懂得时间之可贵，他说："我是很忙，但无论如何我每天要读500页书……这是我的定额。"鲁迅先生则把别人喝咖啡的时间都用在读书写作上了。散文家、诗人赵丽宏说他从小就喜欢读书，走路读、吃饭读，连上厕所也读，"总觉得如果不抓紧时间，就没有时间读书了"。确实，时光匆匆，今天还来不及回味就已忙不迭地变成了昨天。北宋大文豪欧阳修曾总结读书最佳处所为"枕上、厕上、马上"，被称为"三上读书法"，堪称利用零碎时间的典范。

　　如此看来，读不读书的关键并不是"有没有时间"啊！只要愿意读，便时时都是读书时。华东师范大学中文系教授陈子善说得好："阅读是不是你内心的一种需要，这一点至关重要。而只要是内心需要，就会有主动去读的动力，再忙也能挤出时间来。"一个懂得生命价值的人，绝不会把一小时的光阴白白浪费掉。在我们的生活当中，常常有这样的"小时间"，它看起来很不起眼，只有十分钟、五分钟，但日久天长，积累起来将是一个十分可观的数字。林语堂说："什么叫作真正的读书呢？这个问题很简单，兴味到时，拿起书本来读，这叫真正的读书，这才不失读书之本义。"不知大家注意到没有，在北京、上海等地的地铁上，除了用手机阅读外，还有一些人拿着各种各样的报刊书籍阅读，你能说这不是在读书吗？这是真正的读书，并且是自由幸福的。所以，读书要见缝插针，想读就读；永远不要只坐进书房才阅读，任何地方都可以阅读；永远不要只图有用才读，急功近利、立竿见影是妄想。

其实，真正想读书，什么时候都不嫌晚。如唐代著名诗人陈子昂，少年时豪放任侠，好与乡间博徒交游往来，游猎赌博，是个标准的"富二代"。18 岁后，方始读书。"浪子回头金不换"，他一旦立志从学，便"谢绝门客"，发奋苦读，遍览经史百家。三年之后携带个人作品入京，砸琴换名，一时洛阳纸贵，他成为唐诗复古革新运动的一面旗帜。北宋作家苏洵亦 27 岁才发奋读书，最后名列"唐宋八大家"之一，尤其是他的言传身教，对苏轼、苏辙兄弟的人生与创作都产生了很大的影响。身居海外的当代华文女作家方丽娜，第一次捧读《红楼梦》时，已经三十有五。画家、作家陈丹青说他直到 40 岁，才在纽约读了《三国志》《水浒传》和《红楼梦》等经典名著。因此，越剧表演艺术家王文娟说："多读书，读好书，用经典作品充实生活；活到老，学到老，读书永远不嫌太晚。"从某种意义上讲，这话也不无道理。

读书和写作必须"站在巨人的肩上"

一个成功的人需要吸收历史上累积下来的成果，并且与当下的实际联系起来。人生很短，无论一个人多聪明，多有天分，也不可能漠视几千年来人类创造的成果。这是人们了解自然、了解人生、了解人际关系累积下来的经验与智慧，不是一朝一夕所能够成就的，所以一个人通过读书来获得知识是非常必要的。因为，一个人在生活中直接向别人学习的经验是极其有限的，但是通过读书间接向别人学习则是无限的。

通常说，世界名著之所以成为世界名著，除了语言之美，更重要的是能给读者提供一种思考人生的方式。正因为如此，读书治学必须借助前人，按牛顿的说法，就是"站在巨人的肩上"。有人曾批评这句名言，说含有骄傲自得的成分。其实，这正好说明牛顿的博大与谦逊，它旨在宣告：自己并没有什么了不起，只是借鉴前人做了一点创新而已。事实上，我国的许多经典著作，若不是经过后人的诠释和发明，不仅不能流传至今，即使流传至今，也不可能引起人们阅读的兴趣。经典之所以不是"死的东西"，是因为它经历了后来学者不断的诠释，并加入他们自己的见解和发明。今天，如果我们不读《十三经注疏》、不读朱熹《四书章句集注》，仅凭个人的知识基础去解读儒学经典是有一定困难的。可见，学术研究需要借助前人的研究成果，并以之为基础"回到原典"。这种善于借鉴、有所创新的经典阅读，才是最有价值和意义的阅读。

　　从文学创作看，在借鉴基础上创新的例子亦并不少见。如晏几道《临江仙》中"落花人独立，微雨燕双飞"两句，套用了五代翁宏《春残》诗中的句子。原诗云："又是春残也，如何出翠帷？落花人独立，微雨燕双飞。寓目魂将断，经年梦亦非。那堪向愁夕，萧飒暮蝉辉。"这两句在翁宏诗里并不出奇，可是晏几道将它用入词里却恰到好处，成了传诵千古的名句。这是因为它在翁诗里，意境并不怎么完整，加上下接"寓目魂将断"，又有些点"破"。而到了晏词中却能和谐融贯，情景交融，与全词浑然一体，不明说春恨，而以境界会意，比之翁诗，显然要出色得多。所以谭献《复堂词话》称之为"名句，千古不能有二"。又如苏轼《水调歌头》开头两句："明月几时有？把酒问青天。"可能是从李白"青天有月来几时，我欲停杯一问之"（《把酒问天》）的诗句中受到启发的，所以郑文焯说这首词"发端从太白仙脱化"（《手批东坡乐府》，苏东坡因此得了个"坡仙"的雅号）。所谓"脱化"，就含有创新的意味。前人的诗句，经过苏轼稍加变化,感情变得更加强烈,一开始就把读者带入异常开阔的境界,造成先声夺人的艺术效果。

从一定意义上说,人类社会之所以不断进步,正是由于科学文化知识不断传承和创新的结果,这既需要前辈甘于做"人梯",更需要后辈勇于不断攀登高峰。这正如田径运动中的接力棒,每人都只能跑完自己那一棒的路程。当然,在学习借鉴前人的同时,对所读之书还有一个消化吸收的过程,用心理学的术语来说,就是一个"内化"的过程,一本书也罢,一个思想也罢,只有经过这个过程才能转化为自己的知识和财富,"内化"为自身的素质。就书籍本身来说,也是这样。如果打开一本书,里面净是作者一个人的倾吐,丝毫不见对同一话题别人意见的讨论或借鉴,那么,这本书通常是不值得读的。以大家熟悉的马克思为例,他的《资本论》的文献引用就是一个非常系统的经济思想史学习指南。所以吕叔湘先生说:"阅读的本领学会了,自己写文章就不难了。"从一定意义上说,学会写作大都是从模仿开始的。没有大量的阅读、学习、模仿和借鉴,是写不出来优秀作品的。因而,请记住俄国作家列夫·托尔斯泰的一句名言:"吸取你的前辈所做的一切,然后再往前走。"这才是人生的一条正确之路。

读书贵在持之以恒

历史上，对读书，我们有读《易》"韦编三绝"的先贤孔子，有"头悬梁"的孙敬和"锥刺股"的苏秦，有"凿壁借光"的匡衡，有"映雪读书"的孙康……他们以自己的刻苦和坚毅传承着中国文化，也为世代的读书人树立了榜样。

当今时代，也许我们从书中读不出"黄金屋"，读不出"颜如玉"，但阅读毕竟是一个人终身的事情。况且，我们已进入一个开放的、多元文化激荡的时代，科学技术迅猛发展，每个人都要把读书学习作为日常生活中不可缺少的一部分。但是，读书治学是需要毅力的。

一、没有极大的毅力支撑，是很难将阅读坚持到底的

读书治学是一项艰辛复杂的脑力劳动，坚持读书学习是一件

很不容易的事情。读书之法，贵在持之以恒。不能心血来潮，高兴时拼命读，兴头过后就将书丢弃一旁。真要读书，须善耐寂寞，甘守孤独，坐得住冷板凳。古人云："贵有恒，何必三更起五更睡；最无益，只怕一日曝十日寒。"白纸黑字的阅读是个"苦中有乐，乐中有苦"的过程，没有极大的毅力支撑，是很难将阅读坚持到底的，正所谓"一天爱读书容易，一辈子爱读书不易"。

读书治学要有毅力。毅力是有力量的，凭勤奋和毅力可以水滴而石穿。在阅读的时候，我们要耐住寂寞，不怕孤独，专心致志。只要我们持之以恒，坚持不懈，咬定青山不放松，养成一种"板凳甘坐十年冷"的读书习惯，就一定能够达到理想的境界。中国（重庆）有句俗话，叫作"心急吃不得热汤圆"；说得稍微文雅一点，就是"一口气吃不成一个胖子"；再文雅一点，就是"欲速则不达"；再文雅一点，就是荀子所说的"不积跬步，无以至千里；不积小流，无以成江海"（《劝学篇》）。无论表达方式是俗是雅，其意思都是一样的：任何成功或进步都是一点一滴不断努力的结果。例如，被誉为"百家讲坛最佳学术主讲人"的河南大学文学院教授王立群先生，说他以前在一所小学里做代课教师，"文革"开始的时候，学校的图书馆被砸烂，被洗劫一空，唯有一部残破的《史记》被人扔在那里。在那"无书可读"的年代里，王先生捡到这部残破的《史记》，如获至宝，一读就是四十年，终于成为一位著名的《史记》研究专家。

二、读书治学和做人一样，要有持之以恒的精神

战国时期，张仪在各诸侯国从事游说活动，说服各国采纳他的主张，游说数年没有成功，还受到很大侮辱。回到魏国故乡，他的妻子劝说他不要再搞游说术了。张仪对妻子说："你看看我的舌头还在否？"他的妻子笑着说："还在。"张仪说："有舌头在就足够了。"后来张仪自荐成功，担任秦相，说服各国服从秦国，瓦解齐楚联盟夺取楚汉中地，辅秦惠文君称王。惠文君即位后，他回魏国为相。试想，如果他"不锲而舍"，那恐怕就不能成就后来的事业了。

知名作家方益松曾写过《蜗牛的壮举》，大意是讲一群蜗牛靠着自己的力量，坚持不懈地爬上了世界著名建筑胡夫金字塔的顶端。这个故事的真实性如何我们暂且不论，但它给我们的启示是：像蜗牛如此的速度，也能达到它们理想的顶峰，这世界上的事，靠的就是毅力，坚持不懈，你就能成功。

让我们再看一个美国人的人生轨迹：21岁——生意失败；22岁——角逐议员落选；23岁——生意再度失败；26岁——爱侣去世；34岁——角逐联邦众议员落选；36岁——角逐联邦参议员再度落选；47岁——提名副总统落选；49岁——角逐联邦参议员落选。这个"大失败者"，就是亚伯拉罕·林肯。无数次的失败，没有让他泄气，反而激发了他强大的信心与敬业热忱，他始终坚持不懈，终于在52岁时登上了总统宝座，成了名垂千古

的伟人。

　　人生如此，读书和做学问也是一样，要有坚持不懈的精神。清朝咸丰年间有个武官叫张曜，因苦战有功，被提拔为河南布政使。他是个文盲，常受朝臣歧视，御使刘毓楠说他"目不识丁"，因此改任他为总兵。他受此耻辱，从此立志要好好读书，使自己能文能武。张曜想到自己的妻子很有文化，回到家要求妻子教他念书。妻子说：要教是可以的，不过要有一个条件，就是要行拜师之礼，恭恭敬敬地学。张曜满口应承，让妻子坐在孔子牌位前，对她行三拜九叩之礼。从此以后，凡空余时间，都由妻子教他读经史。每当妻子摆老师的架子，他就躬身肃立听训，不敢稍有不敬。与此同时，他还请人刻了一方"目不识丁"的印章，经常佩在身上自警。几年之后，张曜终于成为一个很有学问的人。后来，他在山东做巡抚时，又有人参他"目不识丁"。他就上书请皇上面试。面试成绩使皇上和许多大臣都大为惊奇。张曜在山东任上，筑河堤，修道路，开厂局，精制造，做了不少利国利民之事。因为他勤奋好学，死后皇帝谥他为"勤果"。在这方面，现代国学大师陈寅恪更是一个典范。赵元任的夫人杨步伟回忆说："那时在德国的学生们大多数玩得乱得不得了，只有孟真（傅斯年）和（陈）寅恪两个是'宁国府门前的一对石狮子'。"意思是说，他们对读书、做学问颇有定力。这种咬定目标、坚持不懈的定力，值得我们学习。

　　在我们生活中，读书学习应该是每个人一辈子的事情，是终身的"功课"。影响一个人气质、品位、修养的，主要是人文阅读。一个人,如果没有专业之外的人文阅读,很难说他具有多高的文化修养与品位。

三、读书和写作一样,都是慢功夫

而今是信息时代,是云计算时代,一切都变得"神速快捷"。不过,读书和写作一样都是慢功夫,切忌浮躁。比之于吞咽"文化快餐",阅读经典和写作无疑是艰难的、缓慢的,却是人生修炼与素养提升的必由之路。著名作家贾平凹曾经戏说"作家"就是"坐家",真是调侃到家了。

举例来说,东汉时期著名思想家、哲学家王充为了写《论衡》,仅收集的资料就堆了一屋子。他运用从书中获得的知识,不辞辛苦闭门潜思,花费了好几年时间和辛勤的汗水,终于完成了一部30卷85篇的巨著《论衡》。还有大家都熟知的武侠小说大师金庸。当年,他在香港办报,身为报社老板,每天亲自写千字的小说(连载)和千字的评论,而且一写就是二十年,这不能不说是一种毅力。据说,当年傅斯年在任中研院史语所所长时,定下"三年内不许发表文章"的规矩,即所有刚进史语所的助理研究员三年内不写文章,即便写了,也不许发表。傅斯年这样做,可谓用心良苦。因为做学问不能着急,要持之以恒,厚积薄发。著名表演艺术家卢燕曾说:"所有传奇的背后是勤奋,是执着,是笨鸟先飞,是努力耕耘。"因此,我赞成一位论者的话:"比知识更重要的是方法,比方法更重要的是方向,比方向更重要的是态度，比态度更重要的是毅力。"

　　应该说，毅力是一种精神、一种追求、一种力量。从许多优秀教师的成功之路来看，他们的成长和成功都有一个共同的特点，就是在繁重的工作同时，能耐得住寂寞，并且锲而不舍地坚持读书学习。如"十几年来，做过大量的调查，阅读了上千万字的著作，分析过数万个学习个案，统计处理了无数的数据"的特级教师、西南大学教育学院教授龚春燕，"在最初的几年，阅读了50多部理论书籍和2000多本教育期刊，撰写了100多万字的笔记"的特级教师、江苏省苏州工业园区第二实验小学副校长徐斌，"几年来阅读量达300万字，记下了20多万字的读书笔记"的特级教师、清华附小校长窦桂梅，等等。这也说明了一个道理：有志者事竟成矣！没有毅力，读书治学之成功则无从谈起。毛泽东在谈读书时曾强调，"坚持数年，必有好处"。如果说"坚持数年"是量的积累，那么"必有好处"则是质的提升。

第三辑

人文阅读

珍视传统文化教育的价值

习近平总书记指出:"要深入挖掘和阐发中华优秀传统文化讲仁爱、重民本、守诚信、崇正义、尚和合、求大同的时代价值,使中华优秀传统文化成为涵养社会主义核心价值观的重要源泉。"我认为,中华传统文化,对于我们每个中国人而言,都有着重要的影响和无尽的滋养。因此,在社会转型发展和教育改革创新的新常态下,我们要珍视中华传统文化教育的价值,努力提升广大青少年的爱国情怀和文化素养。

一、文化的作用在于优化心灵

关于"中国传统文化"的内涵,一向有不同的意见。早在20世纪80年代,庞朴先生就文化学、文化史、文化传统与现代化诸问题,数十次发表演说、撰写文章,阐述其对文化的各种思想认识，从而推动了文化研究的不断深入。根据庞朴先生的一系列重要观点，可将其"文化"的内涵归纳为"一二三"："一"就是一个定义，文化就是人化；"二"就是认为文化有民族性和时代性两个属性；"三"就是文化有物质的、精神的和制度的三个层面。

"文化在哪里？"曾有人问莫言。莫言回答说："文化就在生活中。"其实，文化经典只是一种载体，真正的文化精神是在"活人"的身上，是通过人们的言谈举止体现出来的。

那么，什么是"中国传统文化"呢？一般来说，传统是人类过往经验的总和，有一定的地域和时间界限。从这个意义上说，中国传统文化是指从远古至清晚期这漫长历史中形成和发展起来的古典文化，具体而言，是指1840年鸦片战争以前的中国古典文化，它是我们可以不断重返、永不衰败的故乡，是我们的精神之根。

现在一提到中华传统文化，我们就会想到一个新的名词——"国学"。近年来，在中小学，甚至早教班出现"国学热"。在各种读经班、学堂上，总角小儿摇晃着脑袋念着《弟子规》、背着《三字经》，几成一景；放学路上，一大一小唐诗接句，并非鲜见。"国学热"的出现，媒体起的作用特别大。记得2014年10月，王蒙先生在《话题与歧义》一文中指出："今年9月，暑期开学的时候，有好多小学生都穿上了古代服装，以念《三字经》来参加开学典礼，新华社报道的有紫阳小学，还有南京的夫子庙小学。"

2014年11月网上流传的一组北京凤凰岭书院开学典礼上学员跪拜老师的照片，还有2015年1月上海某民办学校举办"孝敬文化节"，800多名学生集体在父母面前下拜磕头，在父母的头上拔下一根白头发的"感人场面"，也引发了很大争议。

由此我认为，中国传统文化的教育不能搞表面化和形式主义，更不能追名逐利。泰戈尔有一句诗说得好："荣誉在嘲笑我，因为我在暗中追逐着他。"

传统文化的作用在于化人。想靠传统文化立刻解决房子问题、就业问题、婚姻问题，那是不可能的。但是传统文化确实在优化我们的心灵，在教我们怎么样做人、怎么样做事。

二、国学是中华传统文化的重要组成部分

"国学"，无疑是传统文化里面非常重要的内容。何谓"国学"？《词源》上只解释是国家办的学，这是古代的解释；《辞海》上有两个解释，一个是国家办的学，一个是中国固有的文化。据考察，"国学"一词在不同时代有不同含义。西周时期"国学"指"国都之学"，后来"国学"泛指"京师官学"；晚清以降，"国学"引申为"中国传统学术"；由梁启超等倡导并于胡适在"五四"新文化运动之后被阐释为"国故学"，指"中国固有之学术"。

值得注意的是，现在一般讲国学都讲先秦诸子的，研究《红楼梦》的人没有人说他是国学家，研究唐诗的人也没有人说他是

国学家。冯至先生是研究杜甫的,是写《杜甫传》的,从来没有人当他是国学家。如果是讲"四书五经"、孔子、孟子、老子的,有可能就是国学家。严格来讲,国学应有广义和狭义之分。广义的国学是国魂之学,也就是大的国学,是我们重建民族传统文化的宏大设计,其研究对象是优秀传统文化。而狭义的国学则是学科之学,是对文、史、哲学科体制的补充和完善。而作为学科的"国学",也可称为"中国古典学"。根据这一定义,国学除经、史、子、集四部之学外,还应包括唐诗、宋词、元曲、明清小说等各种样式的历代文学。

我们提倡弘扬中华传统文化,并不是一味循古。世纪老人杨敏如先生说:"我们的教材就选经典,其实那些经典就够了,不是越古越好。"据回忆,她"在南开中学教高二国文,课本是纯文学。所谓纯文学,就是从《诗经》起,《楚辞》选的《九歌》,然后是《古诗十九首》,唐诗、宋词、元曲这么一路下来"。

三、国学经典的价值与魅力

如果说国学是传统文化的一顶皇冠,那么经典就是皇冠上的明珠。正如一切历史都是当代史,一切文学经典也都是当代经典。中国五千年文明,国学经典浩如烟海、汗牛充栋,究竟哪些符合青少年的学习特点?经典的魅力之光,如何能超越时空,照进现实?这是值得文学研究者、语文教育专家和语文老师研究的。

记得我上小学、中学的时候，语文课本中古诗文所占的比重还是比较大的，有些篇章我至今仍可背诵。可我们现在的中小学生，经典古诗文学得太少，而且学得不系统，对中国古典文学形不成完整的印象，古文基础比较差。国学大师南怀瑾先生指出："一个国家一个民族亡国不可怕，最可怕的是一个国家和民族自己的根本文化亡掉了，这就会万劫不复，永远不会翻身。"这不是危言耸听，事实正是这样。中国科学院杨叔子院士说，没有现代科学，没有现代技术，一个国家一个民族一打就垮。但是，如果没有人文精神，没有民族文化传统，一个国家一个民族不打就垮。他问道："如果我们培养一个人出来，外语好，数学好，业务好，懂美元英镑，会打经济小算盘，但不了解长江黄河，对民族历史知之甚少，不了解《史记》《四书》，将来会不会为中国服务？算不算中国人？"山东大学终身教授庞朴也说过："一个民族如果没有自己的文化，这个民族就蒸发掉了，或者就淹没在人群当中了。"

实际上，外国亦如此。英国政治家丘吉尔有句名言："我宁可失去一个印度，也不愿失去一位莎士比亚。"作为英国首相，丘吉尔并非真的愿意放弃英国当年的殖民地印度，而是借莎翁强调对英国文化的珍惜。"宁愿失去国土，也不能失去莎士比亚"，这是英国人的共识。

据了解，日本、韩国和东南亚国家都很重视对中国古典诗文的学习，这对我们是重要的启示。我们没有理由不重视它。何况，中国古代诗文是人类文化的结晶，内容相当丰富。比如，

《诗经》抒发人之感情，《礼记》阐述人之社会性，《春秋》叙述人之历史，《易经》表示人生追求之永恒，《尚书》说明人之政治需求。从一定意义上说，一个民族对文学的亲近程度，决定着这个民族整体素质的高低。由此看来，人是离不开文化的，尤其是传统文化的教育和文学的熏陶，是每个人成长过程中不可或缺的。

在古诗文学习中感受人生的价值与意义

习近平总书记于2014年9月9日到北京师范大学考察,翻开老师参与编写的课本时指出:"我很不赞成把古代经典的诗词和散文从课文中去掉,加入一堆西方的东西,我觉得'去中国化'是很悲哀的。应该把这些经典嵌在学生的脑子里,成为中华民族的文化基因。"总书记关于古诗文学习的话语不多,但含义深远,对当前教材编写、课程改革和中华优秀文化的弘扬都有重要的指导意义。

中国古代的诗文,尤其是古典诗词,较之外国和中国现代的诗歌经典,更具有一种直觉的、自然的美感。中国的方块字是中国语言文字中所独有的,它能够达到的美的境界也是西方字母文字所无法达到的,因而也是一种不可替代的美。

为了加强中华传统文化的教育,提高中小学生的文化素养和母语水平,我们必须找回古诗文之美,在诗性中寻求教育的真谛。

今天，我们读古诗文究竟有什么用？中国古典诗词研究大家叶嘉莹先生一言以蔽之：诗，让我们的心灵不死。"诸位小朋友，我相信你们都是喜欢多结交一些好朋友的，我现在就要给你们介绍一位非常可爱的好朋友，那就是中国的古诗……"叶嘉莹在《与古诗交朋友》一书中如是说。以"朋友"喻古诗，她对母语的亲近、对传统文化的珍惜、对古典的礼赞，尽在其中矣。

在中国传统文化中，老师和家长从小就会教授"修身、齐家、治国、平天下"（《礼记·大学》）的思想。"穷则独善其身，达则兼济天下"（《孟子·尽心章句上》）、"先天下之忧而忧，后天下之乐而乐"（范仲淹《岳阳楼记》）等古代经典诗文，这反映了历代知识分子把报国为民作为最高理想。"路漫漫其修远兮，吾将上下而求索"（屈原《离骚》），追求人生的价值，实现人生的理想，要的就是这种求索精神。"安得广厦千万间，大庇天下寒士俱欢颜"（杜甫《茅屋为秋风所破歌》）的广阔胸怀，"苟利国家生死以，岂因祸福避趋之"（林则徐《赴戍登程口占示家人》）的勇敢担当，深深烙下先辈们胸怀天下的精神品格。

古往今来，无论历代教育制度发生怎样变化，也无论时光如何飞逝，传统文化的脉都不应该断了，这是维系教育的根本。而中国传统文化最重要的载体就是经典古诗文，如果不能认真研读，如何渡过传统之河，达到现代化的彼岸呢？

就古典文学而言，中国太伟大了，生来就是诗的国度。诗文，诗文，诗是在前面的。诗歌是和心灵非常接近的一个文体。《诗经》是我国最早的诗歌总集。"关关雎鸠，在河之洲。窈窕淑女，君子好逑。"这是《诗经》开宗明义的第一首。读起来，好像前言不搭后语。前两句和后两句有什么关系？可它就是中国人心里有关爱情的好诗。人遭遇了爱情，自然语无伦次。心里想的，变成语言，怎么说，总觉得没说好、没说对。再变成文字，自然不知如何是好了。而这是最真切和最具真情的。这就是诗，中国人血液里的文字。从某种意义上说，爱是没有道理的，也是讲不清楚的。不管多么理性的人物，碰到美女的时候，理性就比较少了。不是有首歌唱道："这就是爱，说也说不清楚，这就是爱，糊里又糊涂……"当然，《诗经》的内容很丰富，不只是写爱情。"后皇嘉树，橘徕服兮。受命不迁，生南国兮"，屈原一首《橘颂》，开楚辞之新天地。其后逾千年，古典诗词不断凝聚民族思想与文化精神。赋兴于汉、诗兴于唐、词盛于宋、曲盛于元，古典诗词一脉相承，成为中国乃至世界的文化长城，见证并构建了人类文明的重要一环，对日本、韩国等世界上许多国家的文化演进、文明进步都有直接而深远的影响。

中国传统文化，就是由历代读书人对经典不断地背诵、涵泳、贯通而发展传承下来的。过去读书人都有记诵经典的"童子功"。人的记忆有一个规律：年龄越小，记得越快，忘记得越慢；年龄越大，记得越慢，忘得越快。

综观中国的大师级人物，几乎没有一个不是小时候就大量背诵经典者。曹雪芹对各种诗词典故的运用信手拈来、天衣无缝；

苏东坡晚年依然能背诵《汉书》；苏步青能背《左传》；陈寅恪更是可以全文背诵"十三经"。有这样"童子功"的人，学习能力特别强，并因此受用终身。

其实，记诵、创作古典诗词是一项陶冶性情的审美活动，并不只是为了"用"。复旦大学文学院张新颖教授在《无能文学的力量》一书中写道："某种意义上，文学、文学研究是'无能'的，又是有'力量'的，而这种'力量'又正与这种'无能'紧密相连……"可见，文学的作用就在于它的"无能"的力量，在于它的"无用之用"。经典古诗文的魅力与作用，不仅存在于过去，而且指向现今与未来。中国古典诗词的活力还在与时俱进、不断展现，永远感染着读者，给人启迪。

今天，包括习近平总书记在内的中国领导人，在外交活动中常常信手拈来古诗文佳句，既凝练又贴切，世界因此叹服于中国文化之博大、民族精神之儒雅。目前，美国、英国以及一些北欧国家的不少汉学家正在潜心研究中国古典诗词。还有为数众多的外国青年对中国古典诗词如痴如醉。可以预见，未来中国古典诗词作为中国特色文化名片、世界伟大文明成果的地位将得到进一步确立和提升。

如果一个德国人遭遇了挫折，我想他首先想到的应该是音乐，正如恩格斯所说，在音乐中德国是"一切民族之王"。而一个中国古代书生要是科场失意，他往往用诗歌来排困解忧。事实上，在我国，古典诗词已经融入人们的血液和生命之中。孔子说："不学诗，无以言。""不学礼，无以立。"正如于丹在《重温最美古诗词》一书中所说:"每个中国人,都是在诗歌里不知不觉中完成了自己生命的成长。"

不过我觉得,中国的古典诗歌在一千多年前基本上已经抵达了伟大的高峰,如李杜元白的作品是唐诗的高峰,苏辛、李清照的名篇是宋词的高峰,关汉卿、马致远的佳作是元曲的高峰,但是新诗远远没有写完,新诗才刚刚开始。尤其在今天这个网络非常发达的时代,诗比小说更有前途。正如云南大学文学院于坚教授在《诗就像火柴的那一点点火》一文中所说:"小说可能被电视取代,一个镜头就可以看清楚这个人,但是诗的最基本的功能,在语言的流动里,瞬间颤动你的灵魂,这是无可替代的。"

我一直认为,一个人不一定要成为诗人,但一定要有诗性,应该做到像海德格尔所说的那样,"诗意地栖居"。思与诗,是两个非常重要的东西。我们在工作、学习和写作中要有所提高,就要有思想的起点,最后要诗性地表达。在生活中我们发现,拥有文学是一件美丽的事情,拥有诗人之心的人,精神一定很富足。尤其是在如今物欲横流、人心躁动的社会里,阅读古典诗文,不仅可以净化或矫正我们的欣赏能力,还可以让我们远离喧嚣,回归宁静,保持一种超然的心态。

在语文教学中领略古诗文之美

近年来,古代文化经典越来越受到重视,古代蒙学读物重新走进学校,"国学热"有日渐扩大之势。在此背景下,我以为要弘扬中华优秀传统文化,首先应考虑增加中小学古汉语及古典文学课时量。同时在中考和高考中增加语文科目中作文的分数权重。其次,在汉语与外语学习的关系上,找到一个平衡点。

不仅如此,要让学生乐意接受国学知识,而不是一怕文言文,二怕鲁迅,还需要在"教"上下功夫。语文课本中古诗文数量的增多,并不意味着经典教育的品质提升。再好的文章,也得想办法让孩子喜欢、想读。古典诗文,尤其是诗词,语言精练典雅,表情达意讲究情景交融、情寓景中,言外常含不尽之意,故而含蓄蕴藉,意味深长。这就给理解古诗词内容和情感带来了一定的难度。这就需要找到适合孩子学习古诗文的方法。在读法上,强调"亲近",而非强制或灌输。用叶嘉莹先生的讲法:"最好的方法，就是把背诵古诗的教学，当作一门唱歌的课程来教，要孩子像唱歌一样吟诵古诗。"其实，只要掌握了有效方法，就如同有了开启艺术迷宫的钥匙，就能登堂入室，感悟作者丰富的情感世界，领略古诗文的艺术魅力。

一、诵读原文，通晓大意

语文包括两个方面的含义：一个是知识层面的，要对民族语言做到全面的掌握和出色的使用；一个是文化层面的，关乎民族的发展和健全的人格培养。因此，叶圣陶先生曾说过："文艺鉴赏还得从透彻地了解语言文字入手，这件事看起来似乎浅近，但确是最基本的。"现代的读者受时间、空间的限制，对古诗文中的语言现象、用词习惯的理解倍感艰辛，要让文化积淀不深的学生脱离今天的语言生活习惯，准确理解古诗文的含义，不符合实际。所以，现在的古诗文教学中首先让学生熟读原文，依照当今的语言习惯大致了解诗文中的意思，或让学生通过查字典、联系上下文相互讨论等办法寻找答案，各抒己见，教师再适当加以点拨。

其次，在古诗文教学中，应少一点烦琐的分析，多一点背诵。需要指出的是，诗词欣赏，最难得的是"赏"，而不是"析"。换言之，最可贵的是欣赏者的艺术直觉，而不是他的结构分析。过去，教师在古诗教学时，一般从字、词着手，逐词逐句讲解，往往会把一首完整的古诗弄得支离破碎，使学生对学习失去了新鲜感,失去了学习的主动探索性。因此,激发学生的学习兴趣,启发学生的思维,教师应深入钻研教材,精心安排教学过程,从全篇着手,整体把握古诗文的内容、手法和意境。鉴于古诗文语言简洁工整、易于成诵,可以让学生在一知半解的情况下熟读成诵,乃至背诵,至于准确深刻的认识可以随着他们将来的知识扩展、阅历丰富去逐渐获得。例如,像"床前明月光"(李白《静夜思》)这样的诗,只要多读几遍,至少有一个"月亮",给少儿留下深刻的印象,另外一个"思故乡",牢牢地扎根在儿童的心中。现在讲爱国,讲爱国主义教育,其实爱国应该从爱家乡做起,有了浓烈的爱家乡的感情,才会逐步地上升到爱祖国的高度。再说,人文和科学不一样,科学是很准确的,而人文阅读是靠感悟的,掺杂着主观色彩。

诗是用来"读"的。和"看"不同,"读"是声音的仪表,是心灵的容颜,是一种爱情式的表白。读多了,有些诗句也就记住了。著名作家巴金说过:"我不懂什么是文章的作法,就是滚瓜烂熟地记下了几百篇经典文章,然后自然而然地就会写文章了。"巴老简单明了的一句话,让我们懂得了"熟读唐诗三百首,不会吟诗也会吟"的规律。作家梁衡也特别强调背诵。他说:"语文学习最基本最简便的方法就是背诵。要背下来,才能将众多的资源转化为自身的营养。小时候是记忆的黄金期,在这个时候不多背一些东西可惜了,只会'失之东隅'。先背下来,不理解的可以慢慢反刍,就是一个发酵的过程。"他又称"写作'三部曲',背书是功底",学习语文非背诵不可。的确如此,古诗文是有调子的，吟诵多了，背诵多了，就自然容易把握它的韵律美。中国古代的文论，有一种说法叫"文气说"。文章的气，要的是通畅，吟诵就是一种文气的训练，对文章感觉的训练，这种训练的功夫到家了，写文章没有不通顺的。这，或许是吟诵的一种更为切实的功用。这种功夫，是要从小开始训练的。

在教学生诵读时，一定要让学生读出节奏，感受古诗词的音韵美。什么叫诵？按古人的说法，是"以声节之"，也就是要有一个节拍和调子。诗歌，尤其是中国古典诗歌节奏鲜明，表现出各种不同的式样。如四言诗语句多为"二二节拍"，如曹操的《步出夏门行·龟虽寿》中的"老骥伏枥，志在千里；烈士暮年，壮心不已"，是传诵千古的名句。而五言诗的节拍则是多变式，或"二一二拍"（如"只是/近/黄昏"），或"一二二拍"（如"前/不见/古人，后/不见/来者"）。诗歌句内有节拍，篇内也要注意节奏，时而上挑，时而下降，要么短时停顿，要么长时停顿。

在按节奏来读的同时，还要读出韵律。诗词语句的平仄、高低本身就具有一定的韵律，诵读时只要多加以体会就可感觉到。"一去/二三/里，烟村/四五/家。亭台/六七/座，八九/十枝/花。"（邵雍《山村咏怀》）边摇边背诵，是多么有趣，古诗的音韵就被他们在摇晃中读了出来。诗人把十个数字嵌进诗里，让我们看到了数学和诗词的关联。著名数学家丘成桐院士曾说："我深受中国古典文学影响，从《诗经》中，看到了比兴方法对于寻找数学方向的重要性；吟诵《楚辞》，激起我对数学的热情。"又如李白的《静夜思》:"床前明月光,疑是地上霜。举头望明月,低头思故乡。"我们读时可按节奏来读,在把诗文的韵脚"光""霜""乡"重读的同时稍拖点长音,这时学生在瞬间便可触摸到诗文的音韵美。读王之涣的《登鹳雀楼》时,要注意平声字"山""黄河""穷千""层"字音的拖长:"白日/依山/尽,黄河/入海/流。欲穷/千里/目,更上/一层/楼。"龚自珍的《己亥杂诗》"九州生气恃风雷,万马齐喑究可哀。我劝天公重抖擞,不拘一格降人才",则整首押"ai"韵,全诗一气呵成,是一首节奏感很强的诗,读来朗朗上口,极富音乐美。

在古诗词中,叠字可造成一种缠绵悱恻、凄凉幽怨的特殊效果。如李清照《声声慢》词中的"寻寻觅觅,冷冷清清,凄凄惨惨戚戚",反复吟诵,一股清冷之气彻人心骨。

其实,从诗词的来源看,它本身就具有音乐性,富有音韵美。因此,鉴赏诗词的音韵美,要注意形成诗歌的音韵美的一些因素,如押韵、叠字、反复、对偶、复沓、节奏、音节等。

二、知人论世,深化理解

每个人都不是孤立、静止的,要真正读懂一首诗,就要探秘作者的现在和过去。借古人的话说,叫作"知人论世"。所谓"知人",就是在阅读诗歌时必须了解作者的身世、经历、性格、志趣、思想倾向、风格流派及创作动机等;所谓"论世",就是指要联系与该诗有关的时代背景去考察作品的内容。何况,在古诗文中，作者的抒情往往不是情感的直接流露，也不是思想的直接灌输，尤其是诗词常常言在此意在彼，写景则借景抒情，咏物则托物言志。

因此，在古诗文的教学中，教师要有目的地让学生了解作者的身世遭遇、写作的时代背景、作者的政治思想和文学主张，以加深学生对古诗文的认识。如李白、杜甫的诗歌，倘若对写作时的社会背景、作者的人生遭遇理解不够，李白诗"豪放不羁"与杜甫诗"沉郁顿挫"的诗歌风格就很难把握。同样，要鉴赏李清照的词，就需要了解她不幸的人生经历，知道国破家亡给人民带来的深重的灾难，知道人民的命运其实与国家的命运是息息相关的，这样才能理解李清照前后期诗词的不同内容、不同风格，才会理解"生当作人杰，死亦为鬼雄"所包含的渴求和期盼济世英雄的情怀。

如果诗词没有注明背景，也不清楚作者的身世遭遇，教师在教学中应抓住诗词的意象，借助对意象的分析，把握诗词的含义。

语文课本是一门最生动、最充满创造性、最洋溢活力的课程。学生喜欢语文课，本是理所当然的。我至今记得，我高中时的语文老师讲《子路、曾皙、冉有、公西华侍坐》的情景。老师站在讲台上字斟句酌地解释课文中的关键字词，讲着讲着，就放下课本，走下讲台，介绍起课文中的人物来。渐渐地，我感受到课文中的人物活了起来。我甚至觉得，我眼前的这位老师很有孔夫子的风度，好像他带给了我孔夫子教学的那种课堂氛围感。老师之所以能把课文中的人物讲活，是因为他从小就读《论语》，他是在用早已内化在心里的思想和精神感染我们，而不是仅仅解释文言字词和句子。

三、采取有效手段，创设情境

　　入选中小学语文教材的好多古诗文都富有浓郁的生活气息，是中小学生喜闻乐见的题材。在教授这些古诗文时，不妨让学生自己来表演诗中的人物动作，使学生在开开心心演小品的过程中，体会诗文中所描写的内容，增加对文眼诗意的理解。

　　一般来说，古诗文，特别是名篇，都具有声韵和谐、意境优美、诗中有画的特点。教师可以抓住"诗中有画"这一特点，引导学生在诵读中再现画面，感受形象之美。如教叶绍翁的《游园不值》时，教师可以运用简笔画来辅助教学。在教学过程中，可以老师作画，可以引导学生作画，也可以师生同画。通过作画，让学生逐步加深对字词、诗句的理解，同时学生因为既动脑又动手，兴趣也会更浓，积极性也会更高。

　　随着教学手段的现代化，多媒体也可以渗透到古诗教学中来，努力还原诗词的情境，再现历史的现场感，营造愉悦的学习氛围。比如，教师上《诗经》课，可选择情意浓浓的《蒹葭》和《关雎》。伴随着多媒体中唯美的画面，教师的吟诵把孩子带进了"蒹葭苍苍，白露为霜。所谓伊人，在水一方"的意境。通过多媒体，学生可以从屏幕上了解李白《望庐山瀑布》中的"飞流直下三千尺",也可以在音响中感受孟浩然《春晓》中的"处处闻啼鸟"。有可能的话,还可以带高年级学生走访诗人的故居。孩子们边走,边观赏,边诵读他们的诗文。

古诗的语言极其讲究,它不但句式整齐,而且韵味十足,读起来朗朗上口,本身就有一种韵律美。因此,进行古诗教学时,教师把配乐朗诵引入课堂,会收到很好的效果。例如,在学习王维的《送元二使安西》这首诗时,在学生基本理解了诗意的基础上,朗诵时配上古筝那古朴、典雅的乐曲,不但创设了一种充满韵律的课堂节奏,而且进一步渲染了诗的意境。

值得注意的是,教学设计一定要得当。记得有一次听语文课,老师讲的是伟大诗人李白的"床前明月光",那是一首明白如话的诗作,内涵挖掘需要凭借学生的想象。可是,老师却要部分同学体验一把躺在床上的感觉,让接近一半的同学爬到课桌上躺下,本来充满诗情画意的课堂,变得滑稽可笑。这个案例告诉我们:教学环境的创设,要选择合适的学习方式,并与教学内容相匹配。

四、善于比较,敢于质疑

古诗文虽然篇章繁杂,但在学习过程中只要善于比较,敢于质疑,就会有新的发现和收获。例如,依照作者生活的时代、文学主张及流派、文章的体裁特征,多去联系,善于比较,就可以增强学生学习的兴趣,减轻学习难度。比如中小学语文课本中所选的刘禹锡、柳宗元的诗文较多，为了便于理解，可以让学生了解"永贞革新"的历史及"永贞八司马"的坎坷遭遇。

在教叶绍翁《游园不值》"应怜屐齿印苍苔，小扣柴扉久不开。春色满园关不住，一枝红杏出墙来"时，可以给学生补充讲解范成大的《春日田园杂兴》："土膏欲动雨频催，万草千花一饷开。舍后荒畦犹绿秀，邻家鞭笋过墙来。"一个是"红杏出墙来"，一个是"鞭笋过墙来"，无论是空中还是地下，春天的生机就是那么蓬勃。如果仅就《游园不值》来讲《游园不值》，肯定不会有"以诗解诗"触类旁通的效果。

在古诗文教学中，教师除了广泛地阅读，充分了解相关背景知识，善于联系比较之外，更重要的一点就是提倡质疑。

莫言说："文学的魅力，就在于它能被误读。"（见《丰乳肥臀》代序言：《捍卫长篇小说的尊严》）可是我们在语文课上，总是一再告诉学生，要正确理解，不要误读。其实，"诗无达诂"（董仲舒《春秋繁露》），"一千个读者就有一千个哈姆雷特"。不同的学生，不同的经历，不同的情趣，对古诗文的理解也不尽相同，因此在解读作品时，教师不要一味求同，而要鼓励学生大胆质疑，将自己个性化的理解感悟表达出来，从而拓展学生的个性思维空间，养成他们勇于探究、独立思考的阅读习惯，逐步提高学生对古诗文的鉴赏力。

著名特级教师贾志敏说过："通过适当批评、不断鼓励，可以激发学生的积极性，让学生从不敢说到敢说，再到爱说，由浅入深，由理解到运用，锻炼说和写的能力，这是语文课应该完成的任务。"

作为教师,我们不仅要鼓励学生质疑,自己也要有问题意识。德国哲学家黑格尔说过:"熟知非真知。"也就是说,你熟悉的东西并不一定就是你真正知道的东西。所以,我们在生活上、专业上要学会批判性地思考。

五、掌握技巧,感知意境

古诗文创作离不开各种艺术技巧。就诗歌而言,归纳起来主要有以下几类:

1. 多用抒情手法,如直抒胸臆、借景抒情、融情于景、借古讽今、托物言志等。如王昌龄的《芙蓉楼送辛渐》:

寒雨连江夜入吴,平明送客楚山孤。
洛阳亲友如相问,一片冰心在玉壶。

诗中一个"孤"字,是借山言人,犹如江上孤山,朋友走了,只剩下孤零零的诗人,但更主要的是就心境而言。全诗流露出一种孤寂的心情。又如杜甫的《江南逢李龟年》《曲江对酒》等,则是以乐景写哀情。

2. 多用修辞手法,如比喻、拟人、对比、夸张、象征、双关、互文、倒装等。如王昌龄《出塞》中的"秦时明月汉时关",用"秦时明月"与"汉时关"的互文见义的特殊句法,显示关塞由来已久，烽火至今不熄。全句的意思是：现在的边塞，还是秦汉时的明月，还是秦汉时的关山。但这寥寥七字，却展示了从秦汉至唐一千年间边塞战争的历史画卷，其内涵之丰厚、用语之精练，实在令人叹服！

3. 多用描写手法，如铺陈、渲染、烘托、虚实结合、动静结合、以小见大等。如杜甫《登高》诗中的前四句写景：

风急天高猿啸哀，渚清沙白鸟飞回。
无边落木萧萧下，不尽长江滚滚来。

渲染出深秋江边的萧条、冷落的气氛，与诗人悲凉、伤感的人生感慨相吻合。

再如王维的《鸟鸣涧》：

人闲桂花落，夜静春山空。
月出惊山鸟，时鸣春涧中。

以动衬静、以动写静是此诗的一大特色。

如此幽美如画的意境，让我想起了谷建芬的《读唐诗》："床前的月光窗外的雪，高飞的白鹭浮水的鹅。唐诗里有画，唐诗里有歌，唐诗像清泉流进我的心窝。相思的红豆巫山的雪，边塞的战士回乡的客。唐诗里有乐，唐诗里有苦，唐诗是祖先在向我诉说。"如果和孩子们一起吟诵这篇《读唐诗》，当优美的旋律流淌在教室里时，我们可以跟孩子们说，爱祖国可以有很多个理由，让我选择一个最浪漫的理由"爱唐诗"吧。

在我来看，语文的学习过程有三种境界：做到字、词、句的积累只是浅层次的学习，此为第一境界；能准确、得体、有感情地表达（口头与书面）是较高层次的，此为第二境界；学习过程中学生能把"自己"融入学习的内容（课文），能与作者一起欣赏美景，与作者同悲同乐，能"穿越时空隧道"，实现自己与作者、时代的对接与共鸣，这才是学习语文的最高境界。

语文教育专家商友敬先生在离世前一个月，留下了《我有一个梦想》的演讲："我梦想所有的语文教师，都能给孩子打开一片语言的空间……他们能用母语营建自己的精神家园，在这里唱歌、跳舞、吟诵、思考、对话和交流……孩子长大了，到了中年、老年，他会想起那个点亮他灯的小学语文老师。这就是我们最高的荣誉和最大的收获。"果真如此，语文教师便可回到语文教学的正道，语文课也必将成为学生最喜欢的一门课程。

读先秦文学

中华民族是一个具有光荣革命传统和优秀历史遗产的伟大民族。我们勤劳智慧的祖先，创造了灿烂的古代文化。古代文学就是其中一个重要的组成部分。而先秦文学，则处于古代文学发生发展的最初阶段，它包括我国原始社会、奴隶社会和秦朝以前的封建社会几个大的历史阶段的文学。如果把我国文学比作一座高楼大厦，那么这一时期的文学正是它的基石，即基础。因此，了解和研究这一时期的文学，对于认识我国文学优良传统的形成、审美意识的历史起源，以及我国文学民族形式和民族风格的发生和发展，都具有重要的意义。

数万年以前，我国逐渐地进入了原始社会。到了传说的五帝时代，可能就进入了原始社会的末期。产生于原始社会的上古神话是我国文学的起点。它以丰富的想象表现了原始人同自然做斗争的进取精神，概括了中华民族的伟大性格。远古神话是人们的口头创作，由于当时无文字记载，亡失颇多。但今天在《山海经》《庄子》《淮南子》等古籍中，我们仍然看到某些精彩的片段。现存比较完整的神话故事有《女娲补天》《鲧禹治水》《后羿射日》《黄帝战蚩尤》《精卫填海》等。在艺术表现上，这些神话明显具有幻想的特点。它们成为我国文学浪漫主义的源头，对后代文学的发展有深远的影响。

原始的诗歌基本上没有被记录下来。《吴越春秋》中《勾践阴谋外传》所载的《弹歌》"断竹，续竹，飞土，逐宍"，被认为是比较原始的猎歌，但这也仅仅是猜测。

春秋时编成的《诗经》才是可靠的文献资料，为我国最早的一部诗歌总集，共收入自西周初年至春秋中叶五百多年的诗歌305篇，另有6篇"笙诗"有目无辞。最早只称为《诗》或《诗三百》，到了汉代，儒家把它奉为经典，才称作《诗经》。《诗经》按照音乐曲调的不同分为风、雅、颂三个部分。"风"是地方乐调，有十五国风，共一百六十篇，绝大部分是民间作品。"雅"是朝廷正声，是周王朝京都地区的乐歌。"雅"分"大雅""小雅"，共一百零五篇，多数是贵族文人的作品。其中有一些政治讽喻诗揭露了社会的黑暗和政治的腐朽。"颂"是用于宗庙祭祀的乐歌，分别为《周颂》《鲁颂》《商颂》，共四十篇，基本上是歌功颂德之作。《诗经》是我国文学的光辉起点。它的出现，以及它的进步思想和艺术成就，是我国文学成熟的标志。因而，在我国乃至世界文化史上，它都占有很高的地位，奠定了我国古代诗歌现实主义传统的基础。

战国时代以屈原《楚辞》为代表的骚体诗，标志着中国诗歌从民间集体歌唱到诗人独立创作的更高发展阶段的出现。"屈宋诸骚，皆书楚语，作楚声，纪楚地，名楚物，故可谓之'楚辞'。"（黄伯思《校定楚辞序》）这种由诗人创作、带有鲜明楚地文化色彩的新诗体，将中国诗歌向前推进了一大步。

《楚辞》的艺术成就很高，它根植于楚国的社会生活，又具有极丰富的想象，体现了现实主义与浪漫主义创作方法的完美结合。传统的"比兴"手法，在《楚辞》中也得到了极大的发展，它不仅表现在个别事物的比喻上，而且有象征的性质。在形式上，它由《诗经》简单的四言句发展为长言句，句式参差不齐，形式比较自由。它对后世的影响，"甚或在三百篇以上"（鲁迅《汉文学史纲要》）。

散文的出现晚于诗歌，是在文字发明以后才产生的。从现有的材料看，中国的文字记事，大约是从商代开始的。这时不仅有了甲骨刻辞，而且有了铜器铭文。它们是古代散文的源头。第一部散文集是《尚书》，汇集了历代帝王的誓词、政府文诰和贵族的劝诫之辞，文字古奥难读。现在最早的编年史是《春秋》，它简要记载了鲁国二百四十二年间的历史大事。现今流传的《春秋》是孔子修订过的。

到春秋战国之际，散文的发展进入了一个黄金时代。这一时期的散文，概括地说可以分为两大类：一是以议论、说理为主的论说散文，又称诸子散文，如《论语》《墨子》《庄子》《孟子》《荀子》《韩非子》等；一是以记述历史人物思想、活动、历史事件为主的历史散文，如《左传》《国语》《战国策》等。从性质上讲，无论是这时的诸子散文还是历史散文，还都属学术著作，但由于这些著作者在记事和说理时，往往注意语言技巧，故事生动，形象鲜明，因而具有了一定的文学价值。

综上所述，先秦时代是我国古代文学发生发展，并取得辉煌成就的时代。它以四五千年前的远古文化为开端，而结束于公元前221年秦统一以前。先秦文学为我国文学的繁荣发展奠定了坚实的基础，成为我国文学优良传统的光辉开端。其中一些重要的作家作品，还矗立于世界文学之林，和古代欧洲的希腊、罗马文学相辉映，是中华民族文化的骄傲。

读秦汉文学

秦汉文学（公元前221年—公元189年）是我国古代文学发展的第二个重要阶段。秦汉文学包括秦代文学和汉代文学。其实，秦代文学没有太多的内容。其中值得一提的只有李斯（？—公元前208年），其代表作是一篇向秦王陈述他的政治主张的奏议——《谏逐客书》。所谓秦汉文学，主要是指两汉文学。

公元前221年，秦始皇统一中国，建立了我国历史上第一个中央集权的封建专制国家。在短短十几年中，秦王朝采取了一些有利于统一大业的措施，促进了社会的发展。但秦统治者的残暴与压榨，引起了农民的反抗。秦二世元年（公元前209年），爆发了以陈胜、吴广为首的我国历史上第一次大规模的农民起义，推翻了秦王朝的统治。经过几年的楚汉战争，刘邦战胜了项羽，于公元前206年建立了西汉王朝，定都长安，中国复归于统一。

西汉初期，统治者吸取了秦王朝短期覆灭的教训，在一定程度上减轻了剥削，采取了一系列休养生息的措施，阶级矛盾暂时缓和，生产得到恢复和发展。到汉武帝时，政治、经济空前繁荣，汉代封建社会发展到了一个鼎盛时期。与此相适应，在思想文化方面，罢黜百家，独尊儒术，从而结束了汉初以来学术上的黄老、刑名、儒学并存的局面。西汉末年，由于土地兼并的加剧和广大农民的贫困化，又爆发了绿林、赤眉起义，结束了西汉王朝的统治。公元25年，刘秀（光武帝）在洛阳重建刘汉王朝，史称东汉。

东汉初期也采取了一些休养生息、缓和阶级矛盾的措施，经济逐渐得到恢复和发展。但统治阶级又开始对外扩张，加上豪强地主和大商人的残酷剥削，大批农民又失去土地，沦为豪强的仆役。东汉后期政治空前黑暗，宦官外戚争权，卖官鬻爵，土地兼并更加严重，加上灾荒遍地，使得人民无法生活下去，公元184年终于爆发了声势浩大的黄巾起义。起义军虽然不久便被地主阶级的军队击溃，但随之而来的是封建军阀的割据，东汉王朝也就名存实亡了。

汉代文学在先秦文学的基础上发展起来，深刻而广泛地反映了汉代社会生活的各个方面，具有鲜明的时代特色。

从文体上看，两汉文学主要有散文、赋和诗歌三类。汉代的散文内容丰富，主要有政论文、记事散文、哲理散文和史传散文。西汉的政论文，主要指书、疏，著名的有贾谊的《过秦论》《陈政事疏》《论积贮疏》，晁错的《言兵事疏》《守边劝农疏》，邹阳的《谏吴王书》《狱中上梁王书》，司马相如的《上书谏猎》

《难蜀父老》，以及司马迁的《报任少卿书》，等等。其中以贾谊和晁错的文章影响最大，可视为汉代政论文之冠。东汉的政论文，著名的有桓宽的《盐铁论》、王符的《潜夫论》、仲长统的《昌言》等，都有较深刻的现实意义。记事散文以西汉末刘向的《说苑》《新序》《列女传》为代表，它们具有许多小说的因素，在小说发展史上有重要地位。哲理散文以东汉前期王充的《论衡》（85篇）最有成就，他高举"疾虚妄"的旗帜，批判了当时统治者提倡的天道神权迷信思想，并对传统的思想提出了大胆的怀疑。

史传散文以司马迁的《史记》和班固的《汉书》为代表。《史记》一百三十篇，由本纪十二篇、表十篇、书八篇、世家三十篇、列传七十篇组成。全书记载了自黄帝至汉武帝时三千多年的历史，书中以人物为记叙中心，不仅是我国第一部纪传体通史，同时也开创了我国正史的写作体例。

《汉书》的体制虽承袭《史记》，但它是我国第一部纪传体断代史，全书有纪十二篇、表八篇、志十篇、传七十篇，共一百篇，记载了汉高祖元年（公元前206年）至王莽地皇四年（公元23年）共二百二十九年的断代历史，是继《史记》之后的又一创造和发展，对后代史学和文学都产生了重大影响。长期以来，史学界均以班马、史汉并称。

赋是汉代最流行的文体。在两汉四百年间，一般文人多致力于这种文体的写作，因而盛极一时，后世往往把它看成是汉代文学的代表，故有"汉赋"之称。

汉赋可分成汉大赋、述志言情赋和散文赋三类,而以汉大赋为主体。

汉赋的内容大都描写帝王贵族的游猎之乐、宫苑的富丽、都城的繁华等。其代表作家与作品有司马相如《子虚赋》《上林赋》、扬雄《甘泉赋》《羽猎赋》,班固《两都赋》,张衡《二京赋》等。这些大赋的基本特点是:

1. 往往采取虚设的人物对话形式结构成篇,人物夸说所赋事物的大段独白构成赋文的主要内容。如《子虚赋》和《上林赋》。

2. 以体物为基本倾向,重点在张扬物色,力求对所赋事物做详尽的铺排描写。如《子虚赋》。

3. 就作赋用意说,仍在进行讽喻。所以一般在赋的末尾总是归之于正。如《上林赋》归结到汉天子悔悟了"此太奢侈","乃解酒罢猎",并转尚于仁义诗书,而楚、齐之子虚、乌有先生也都拜受"以诸侯之细,而乐万乘之侈"的批评。但由于赋文绝大部分是铺陈豪侈,所以篇末的讽刺往往成为无足轻重的尾巴,与全文不甚协调,故有"劝百讽一"之讥。

由于散体大赋反映生活的局限性,从东汉中后期开始出现抒情小赋,如张衡的《归田赋》、赵壹的《刺世疾邪赋》等,其中也有用楚辞体句式的,抒情小赋又更多向诗靠拢了。

汉代诗歌,最有成就的是乐府民歌。汉代乐府民歌直接继承了《诗经》中民歌的现实主义传统,以叙事为基本特色(这同《诗经》民歌以抒情为主不同),广泛真实地反映了当时社会生活的现实和人民的思想感情。其优秀作品如《孤儿行》写孤儿受兄嫂虐待的悲惨遭遇,《妇病行》写一个穷苦的男子在病妻去世以后无法养育孤儿的悲剧,《东门行》写贫夫被迫走向反抗道路,《十五从军行》写老兵服役回家后的孤苦,《上山采蘼芜》写男子喜新厌旧,都生动而深刻地反映了下层人民的痛苦和反抗。而《陌上桑》正面歌颂罗敷对太守调戏的反抗,揭露了统治者丑恶的嘴脸;《鸡鸣》《相逢行》等则直接写统治者骄奢淫逸的生活。另外还有一些反映劳动和爱情生活的诗,前者如《江南》,后者如《上邪》《有所思》等。东汉乐府最杰出的作品便是长篇叙事诗《孔雀东南飞》,它通过焦仲卿和刘兰芝爱情婚姻的悲剧,对封建礼教、封建家长制揭露得非常深刻。

文人诗歌在两汉不很发达。西汉基本上模拟四言和骚体的创作。值得一提的有汉初高祖刘邦的骚体《大风歌》、韦孟的四言《讽谏诗》等。

但是到东汉,情况就有所改变。早期作家班固写的《咏史》,"质木无文"(《诗品序》),采用的都是五言形式。后来张衡作《同声歌》,秦嘉作《留郡赠妇诗》,在五言诗的技巧上更有进步。而七言诗处于酝酿阶段,一般以为张衡的《四愁诗》为最早,然未脱尽骚体影响。在班固、张衡的倡导下,东汉文人开始模仿汉乐府写起五言诗来,使之在艺术上愈益成熟。其中受乐府民歌影响最显著的是辛延年的《羽林郎》和宋子侯的《董娇娆》。特别是无名氏的《古诗十九首》,可以说是东汉末年文人五言诗的代表。其艺术成就,直接开启了建安以后文人五言诗发展的道路。

读魏晋南北朝文学

魏晋南北朝时期（公元220年—589年），起于汉末大乱，讫于隋朝统一之前，前后共约四百年。在这四百年的时间里，除西晋有过短暂统一外，其余时间均处于分裂状态。由于长期的动乱，战祸连绵，社会生产力遭到极大破坏，人口锐减，农业衰败，经济发展相当缓慢。但这一时期的思想领域却较为自由。汉末大动乱，适应现实的需要，名、法、兵、纵横诸家思想兴起，打破了自汉武帝以来儒家独尊的局面。魏晋以后，以道家为核心的玄学发展成思想学术的主流，同时佛教也开始盛行，思想界呈现出自由解放的局面并充满了尖锐复杂的斗争。儒学虽然失去了统治力量，但没有中断，并与其他各种思想互相影响。这种情况在文学领域也有深刻的反映。因此，这一时期的文学，无论是在内容上、形式上还是文学观念和作家的创作思想上，都有很多大变化。

从建安时期开始，文学的发展已经进入一个比较自觉的阶段。从这时起，人们开始认识到文学有它自身的价值、独立的地位，不再把它看作经学的附庸、教化的工具。建安文学的成就是多方面的，无论诗歌还是辞赋、散文，都获得长足的进步。尤其是在诗歌方面，出现了以"三曹"（曹操、曹丕和曹植）和"建安七子"（孔融、王粲、陈琳、徐干、阮瑀、应玚、刘桢）为代表的一大批优秀诗人，他们一方面继承和发扬汉乐府诗的传统，抒写社会动乱和民生疾苦，一方面抒发建功立业的抱负，形成了"慷慨任气"的时代风格。这就是为后世称道的"建安风骨"。这一时期，久已沉寂的四言诗在曹操手里出现了中兴景象，如《步出夏门行》《短歌行》等，都是《诗经》以来少见的四言佳作。五言诗在建安年间进入了全盛时期，技巧上也比东汉有长足的进步，是当时诗人们采用得最多的体裁。其中尤以曹植的作品最为纯熟，其代表作有《赠白马王彪》、《杂诗》六首、《送应氏》等。曹丕的《燕歌行》则开创了七言的新体制。

魏末正始时期的主要作家是阮籍和嵇康。当时正是司马氏与曹氏为争夺政权而进行激烈斗争的年代，政治情势十分险恶，大批名士被杀。许多作家接受老庄思想的影响，或热衷于玄学清谈，借以逃避现实，保全性命；或任性放达，用曲折的方式来反抗黑暗现实。特别是阮籍，他的《咏怀诗》八十二首"志在讥刺"，却写得曲折隐晦，言多比兴，以至"厥旨渊放，归趣难求"（钟嵘《诗品》）。这与他比较软弱的政治态度是一致的。以阮籍、嵇康为代表的正始诗歌，虽然不如建安诗歌那样富有强烈的现实性，但它的主要倾向还是对黑暗现实的不满与批判，基本上继承了建安诗歌的优良传统。

西晋太康中，有以"三张"（张载、张协、张亢）、"二陆"（陆机、陆云）、"两潘"（潘岳、潘尼）、"一左"（左思）为代表的一批作家。其中陆机在当时最负盛名，但他的诗歌较少反映社会现实，而追求形式的华美，开了中国诗歌史上雕琢堆砌的风气。太康诗人中成就较高的是左思，他因家世低微，政治上始终遭受压迫。他的《咏史》八首，借古抒怀，表现了对门阀制度的不满与抗争，其情调之高亢、笔力之矫健，在当时是不多见的，所以传统上称之为"左思风力"。

太康之后，永嘉之际的著名诗人有刘琨、郭璞。刘琨现存诗歌虽只有三首，但都洋溢着深厚的爱国感情。其中以《扶风歌》最有名。郭璞的代表作是《游仙诗》十四首，诗的风格近似阮籍的《咏怀》。诗中把游仙与豪门世族对比，表现了对现实的不满。

西晋后期和东晋，随着社会的南北分裂，老庄玄学更为盛行，影响到文学，就是玄言诗的极大发展。玄言诗作者有孙绰、许询等。他们诗的内容多为玄理的述说，艺术上则"理过其辞，淡乎寡味"（钟嵘《诗品》），成就不高。

到东晋末期，出现了伟大诗人陶渊明，使诗坛大放异彩。陶渊明今存诗歌125首，绝大部分是五言诗。按其内容大致可分为咏怀、田园、哲理三类，而以田园诗成就最高。他以平淡质朴的笔墨描绘优美宁静的田园风光，同污浊的封建官场决裂，表现出一种淡泊的情怀和意志。他是东晋时代杰出的诗人，也是整个魏晋南北朝时期最有成就的诗人。

东晋之后,历史进入了南北朝对峙阶段,从此传统文学的中心转向南朝。南朝文学,指宋、齐、梁、陈四代的文学。这一时期文人诗坛大致经历了三个阶段:刘宋的山水诗,齐代的永明体,梁陈的宫体诗。

刘宋诗坛出现了所谓"元嘉(宋文帝年号)三大家",他们是谢灵运、颜延之和鲍照。其中重要的是谢灵运和鲍照。

谢灵运是我国诗歌史上第一个大力写作山水诗的人。他开创的山水诗派,全力刻画自然山水,完成了玄言诗到山水诗的转变。稍后于谢灵运的诗人鲍照,一部分写景诗接近于谢灵运,但有时流于险仄,不如谢诗自然。他主要的成就在乐府诗和拟古诗方面,这些诗大抵以古朴和活泼见长,能正视社会现实,对下层人民的疾苦有所反映。特别是其七言诗和杂言诗的创作,更富于创造性,对唐代李白、高适、岑参等大诗人有很大影响。

齐永明(齐武帝年号)年间,周颙发现汉字有平、上、去、入四种声调,始著《四声切韵》。同时著名诗人沈约、谢朓、王融等人,根据四声和双声叠韵来研究诗句中的声、韵、调的配合,自觉地运用声律来写诗,于是"声律说"大盛,形成了所谓"永明体"。"永明体"这种新体诗,是古体诗到近体诗的过渡。从事新体诗创作的是依附于齐竟陵王的所谓"竟陵八友"(王融、谢朓、任昉、沈约、陆倕、范云、萧琛、萧衍),其中除谢朓写的一些山水诗外,其余写的都是一些片面追求形式、内容贫乏的东西,成就不高。谢朓的山水诗往往结合自己的从宦经历来写,带有较多感情色彩,与谢灵运的游览式山水诗不同。他的诗语言精警工丽,格调清新流畅,不像谢灵运山水诗那样重典晦涩,杂有玄理,对山水诗的发展做出了贡献。

南朝文人诗坛发展到梁陈时代,出现了以萧纲(梁简文帝)、萧绎(梁元帝)为代表的"宫体诗"。以徐摛、徐陵和庾肩吾、庾信(早期)为代表的"徐庾体",基本格调也与之类似。宫体诗以描写女色为主,或美化宫廷贵族的享乐生活,辞藻浮华,风格柔弱,没有什么思想价值,但在诗歌艺术形式上却把沈约永明体进一步推向格律化了,这是应该注意到的。这个时期还有梁代的江淹、吴均、何逊,陈代的阴铿等诗人。他们诗的内容比较健康。阴铿和何逊均以写行旅送别和水上风光见长,历来被人合称"阴何",但就总体而言,阴铿的成就不如何逊。

北朝文人诗歌数量少,也没有特色,由南入北的庾信却是集南北文学之大成的作家。他原为梁代宫体诗人,诗风轻艳,后期被迫留在北朝做官,诗歌的内容和风格都发生了变化,充满了深沉的故国乡关之思,风格沉郁悲凉。其代表作《拟咏怀》二十七首尤为突出。所以杜甫曾说:"庾信文章老更成,凌云健笔意纵横。"(《戏为六绝句》)这种变化与作者的生活经历和遭遇是分不开的。除庾信之外,还有王褒。他的诗成就虽不能和庾信的相比,但也有少数名篇,如《渡河北》《关山月》等。

继汉乐府民歌之后,南北朝又出现了一批乐府民歌。这些乐府民歌主要保存在宋人郭茂倩所编的《乐府诗集》里。南朝民歌今存四百多首,绝大多数归入《清商曲辞》中的"吴声歌曲"和

"西曲歌"两个部分。此外,《杂曲歌辞》和《杂歌谣辞》中也各有少数几首。吴声歌曲产生于建业(今江苏南京)一带,大体包括东晋与刘宋两代。西曲歌产生于荆州(今湖北江陵)一带,时代略晚,包括宋、齐、梁三代。现存南朝民歌内容比较单纯,大都是描写男女恋情的情歌,但写来千姿百态,抒情真挚缠绵,语言清丽婉转,收入《杂曲歌辞》中的《西洲曲》是其艺术形式最为成熟的作品。

北朝乐府现存的有六十多首,大都收入《乐府诗集》所载的《梁鼓角横吹曲》里。此外有少数收入《杂曲歌辞》和《杂歌谣辞》。北朝民歌气质刚健,风格爽朗,反映社会生活相当广泛,同南朝民歌迥异。在北朝民歌中,以歌颂代父从军的英雄女性的《木兰诗》为最杰出的代表。

赋在魏晋南北朝时有新的发展。汉赋大都描写宫苑、游猎、京邑,而至魏晋,赋的发展明显出现两种趋势。在内容方面,咏物赋激增,大多取材于"草区禽族",而在此外的一些作品中抒情成分增多;在形式方面则以篇幅短小的赋为主体,大赋已降到从属地位。这一时期的优秀作品有曹植的《洛神赋》、王粲的《登楼赋》、向秀的《思旧赋》以及陶渊明的《归去来兮辞》等。南北朝时期盛行一时的骈文极大地影响了辞赋的写作,使赋家更加追求形式技巧的新奇完美。这一时期的赋称为骈赋或俳赋。鲍照、庾信的作品,代表了骈赋的最高成就。

散文在这个时期不很发达。在六朝诗风的影响下,散文逐渐为骈文所代替。骈文可以说是我国文学史上这一阶段特有的珍品，它脱胎于汉赋，形成于魏晋，到南北朝时进入全盛时期。鲍照的《芜城赋》、孔稚珪的《北山移文》、江淹的《别赋》、徐陵的《玉台新咏序》、庾信的《哀江南赋》等都是骈文的名篇佳作。不过，这个时期的文坛也并非骈体文一统天下，从郦道元《水经注》、杨衒《洛阳伽蓝记》和颜之推《颜氏家训》等书可以看出，散文仍继续存在并发展着。

小说在魏晋南北朝时已初具规模，出现了大量的志怪小说和逸事小说。志怪小说主要是记述神仙方术、鬼魅妖怪以及佛法灵异等，其中充满了宗教迷信思想，但也保存了一些具有进步意义的民间故事和传说。其中东晋干宝的《搜神记》成就最高，为这类小说的代表。志怪小说对唐代传奇的创作产生了直接的影响。逸事小说，主要是记述人物的逸闻琐事，以南朝宋刘义庆的《世说新语》为代表。此书"记言则玄远冷峻，记行则高简瑰奇"（鲁迅），善于通过富有特征的细节刻画人物，对后代的小说和戏曲创作都有重要影响。

魏晋南北朝时期是中国古代文论发展史上一个重要的阶段。在这一时期，出现了一些对后世影响巨大的理论批评著作，如曹丕的《典论·论文》、陆机的《文赋》、刘勰的《文心雕龙》、钟嵘的《诗品》等。特别是《文心雕龙》一书，体大思精，内容繁复，自成体系，在我国文学批评史上占有非常突出的地位。

总之，魏晋南北朝的文学，在诗歌、小说、文学批评等各个方面，都取得了突出的成就，给唐代文学，特别是唐代诗歌的高度繁荣奠定了坚实的基础。

读唐诗

一个又一个时代远去了，留给我们的是一个又一个背影。每次回望唐朝，总能见到一群诗人的背影。其实，唐朝本来就是一个属于诗人的朝代，正如台湾美学家蒋勋所说："仿佛是一种历史的宿命，那么多诗人就像彼此约定一样同时诞生。"(《蒋勋说唐诗》)

可以说，唐朝是诗的王朝、诗的国度，迄今为止还没有任何国度能够与之比肩，难怪闻一多先生称它为"诗唐"，即诗的唐朝。

唐王朝（公元618年—907年）是中国封建社会的鼎盛时期，在它将近三个世纪的历史进程中，文学也得到了高度的发展，出现了前所未有的繁盛景象。

唐代文学繁盛的重要标志是诗歌。

我国古典诗歌源远流长，如果说《诗经》、《楚辞》、汉魏乐府是源源不断的长河，那么到了唐代则泛滥渟潴为广阔的诗的海洋。唐诗的高度发展和空前繁荣，使唐朝素有诗歌"黄金时代"之称。它是我国古典文学艺术宝库中一份最为灿烂、最为珍贵的文学遗产，千年来一直为我国人民乃至世界人民所喜爱和珍视，在国内外享有崇高的声誉。

一

唐诗的繁荣，首先表现在作家作品之多。如清代康熙年间编成的《全唐诗》，共九百卷，收录作品四万八千九百余首，有名可查的诗人两千二百余人。今人王重民所编的《补全唐诗》，又新补出一百零四首，诗人十九人。由王重民、孙望、童养辑录的《全唐诗外编》（中华书局本）又收诗一千八百来首，其中有不少作者也是《全唐诗》中未收录的。另外，现存巴黎图书馆的敦煌伯2555号卷子抄录的唐人诗作一百九十首，除十六首外，余皆不载于《全唐诗》。

其实，这五万多首唐诗尚不能反映唐诗的全貌。如王维的诗"开元中，诗百千篇，天宝之后，十不存一"（《旧唐书·本传》），后经其弟王缙（代宗时宰相）多方搜集，才得四百余篇。又如令狐楚有诗集一百二十卷，但至今只存诗几十首；李贺的诗，据说有三千多首，今存仅二百四十一首；白居易是唐代写诗最多的诗人，共写诗三千六百余首，今存仅两千八百首。由于种种原因，唐诗散逸的的确不少，就《全唐诗》所录的诗也远远不是全部的唐诗。陈尚君辑校的《全唐诗补编》（中华书局出版，全三册），也增补了不少。《全唐诗》加《全唐诗补编》基本上可以反映唐代诗歌的大体面貌。由此可以想见唐诗之盛况。

唐诗的繁荣不仅表现在数量上，更重要的是表现在质量上。在唐代诗坛上，不仅产生了李白、杜甫、白居易那样享有世界声誉的伟大诗人（杜甫曾被评为1962年度世界文化名人，李白、白居易的诗作，当时就流传到我国少数民族地区及日本、朝鲜、越南等国），而且还出现了像王维、李贺、李商隐、杜牧等在文学史上占有重要地位的著名诗人，给我们留下了大量的优秀诗篇。真可谓名家辈出，佳作如林。

唐诗的繁荣，还表现在风格流派的争奇斗艳，形式的完备和多样化。《全唐诗·序》说："诗盈数万，格调各殊。"诗人在自己所处的特定的历史条件下，以独特的艺术彩笔"笼天地于形内，挫万物于笔端"（陆机《文赋》）、"精思独悟，不屑为苟同"（《全唐诗·序》），从而形成唐诗在风格上的多样化。

就李白、杜甫、白居易三大诗人看，他们的风格就各不相同：李白是"笔落惊风雨，诗成泣鬼神"（杜甫《寄李十二白二十韵》）；杜甫是沉郁顿挫，苍凉悲壮，"觇缕格律，尽工尽善"（白居易《与元九书》）；白居易则语言通俗，浅切坦夷，"言浅而思深，意微而词显"（薛雪《一瓢诗话》）。

从诗歌流派看，不仅出现了以王（维）、孟（浩然）为代表的山水田园诗派和以高（适）、岑（参）为代表的边塞诗派，而且还有"元和体"、韩（愈）孟（郊）并称等。

在形式上，凡是过去产生的诗歌样式，如四言、五言、七言古诗，长短句乐府，都由唐代诗人们继承了下来，而五、七言绝句，五、七言律诗，以及排律等形式都是在唐代臻于成熟的，同时还开创了因事命题的新乐府，真可谓诗体大备矣！

另外，诗歌的普及程度也能反映唐诗的兴盛情况：在唐代，作家所代表的社会阶层极为广泛，爱好诗歌成了普遍的风气。翻开《全唐诗》，我们可以看到唐诗不只是文人的作品，还有帝王、将相、朝士、工匠、商人、婢妾歌妓、僧道尼姑，以及农民起义领袖（黄巢）的诗作。此外，还有少数民族诗人，如维吾尔族的坎曼尔（1959年在新疆若羌县楼兰古城遗址发现他用汉文手抄的《卖炭翁》全文，以及他自己用汉文写的三首诗，其一为《诉豺狼》）。唐代小说也有不少引用了诗歌。人们利用诗歌写景抒情、咏物言志、赐别送行、贺喜吊丧。有的用诗为人代写书信，骆宾王《艳情代郭氏答卢照邻》《代女道士王灵妃赠道士李荣》两首长篇七古，谈情说爱。此外，还流传着高适、王昌龄、王之涣在旗亭听歌妓唱诗的故事以及白居易的诗传诵于"王公、妾妇、牛童、马走之口"的史实。可见，在唐代，诗歌这种文学样式已经从贵族文人的垄断之中初步解放出来，为社会各个阶层所广泛采用，出现了诗歌大普及的盛况。

总之，古典诗歌，从第一部诗歌总集《诗经》开始，经过近两千年漫长的发展演变，到了唐代，无论是体制的完备还是题材的多样，无论是意境的深邃还是韵律的精严，无论是揭示生活的深度还是反映现实的广度，在封建社会，都已达到了顶峰。

所以，鲁迅先生曾风趣地说："我以为一切好诗，到唐已被作完。以后倘非能翻出如来掌心之'齐天大圣'，大可不必动手。"（《鲁迅书信集》）可见，唐诗在我国诗歌发展史上的确达到了空前未有的高度。

二

唐代为什么会出现诗歌空前繁荣的局面呢？主要原因有以下几个方面：

1. 唐代社会经济的高度繁荣给唐诗的发展奠定了有利的物质基础。众所周知，唐代统治者是依靠农民起义的力量取得政权的。建国初期的几个统治者如太宗李世民等，他们慑于隋末农民起义的威力，吸取了前代王朝覆灭的历史教训，不得不对农民做了某些让步，采取了一系列缓和阶级矛盾、有利于发展生产的比较开明的措施。如实行了"均田制"（主要是指按人口的不同情况分给田地）、"租庸调"（主要是指赋役法），按其实际情况，尽量平均一些征税；在农业上，大修水利，大量开荒，扩大农田，为了提高农民的劳动兴趣，奖励农垦，从而发展了农业生产，安定了人民的生活。从贞观到开元这一百多年间，农业经济得到迅速的发展，社会财富有比较丰富的积累。《新唐书·食货志》记载，当时的物价，"斗米之价钱十三，青、齐间才三钱"。杜甫在《忆昔》一诗里对当时的盛况做了描述：

> 忆昔开元全盛日，小邑犹藏万家室。
> 稻米流脂粟米白，公私仓廪俱丰实。
> 九州道路无豺虎，远行不劳吉日出。
> 齐纨鲁缟车班班，男耕女桑不相失。

这就是历史上所谓的"贞观之治"和"开元盛世"。宋代王安石在《河北民》诗中曾叹息宋代人民没有赶上贞观那个"斗粟数钱无兵戎"的好年代。

唐代的城市也空前繁华，当时的京城长安，周长约35公里，雄伟壮观，规模宏大，真可谓"自古帝京，未之有也"（《长安志》）。除长安外，洛阳、扬州、广州、成都、凉州等城市也极其繁华富庶。

唐初还不断开拓疆土，使我国版图大大扩展，成为当时世界上最大的封建帝国。可以说，唐帝国是我国历代封建王朝中最为强盛的一个朝代，也是当时世界上最强大的封建国家之一。

社会经济的大发展，国力的空前强盛，社会秩序的相对安定，增强了民族的自信心、自豪感，促进了手工业、商业等各行各业的发展和市民阶层的兴起，这样，才会有更多的人从事诗歌创作，有更多的人欣赏、吟唱诗歌。

经济的高度发展，促进了国内外交通的畅达和对外贸易的繁荣，促进了南北（包括少数民族）、中外文化的交流，从而推动各种文学艺术的蓬勃发展。而交通的便利，既为诗人游览、扩大生活视野提供了方便，又为诗歌的迅速传播提供了有利的条件。

经济的繁荣，国力的强盛，促使许多诗人到边疆建功立业，边疆的奇异风光、风土人情、战斗生活为诗人提供了创作的新素材，从而写出了大量的边塞诗。

经济的高度繁荣，促进了精神文化生活的发展，书法、绘画、音乐、雕塑、舞蹈都各有风格，为诗歌创作开阔了新的领域。唐代有不少描写音乐、舞蹈、美术、书法的诗篇，如白居易的《琵琶行》、李贺的《李凭箜篌引》都是描摹乐曲的名篇。

但是，诗歌的创作与经济的繁荣并不完全成正比（经济基础并不能直接与文学创作发生关系）。安史之乱后，政治动乱，经济衰败，战乱频繁，中晚唐社会日趋黑暗，人民苦难不堪，这又为诗人改革社会、揭露黑暗提供了大量的题材，使他们写出了大量现实主义的优秀诗篇。

2. 思想活跃，开拓了人们的视野，促进了诗歌创作的活跃和题材风格的多样化。

在长期南北分裂以后建立起来的唐帝国，对各种思想和对各民族文化一样，采取了兼容并包的态度。如儒、释、道三家并存，给当时的知识分子带来宽慰。还有一些有文化的高僧进行讲座，白居易晚年好佛，也讲座，号"香山居士"。

唐代文禁少，不搞"文字狱"。作家、诗人敢于表达自己的真实感情，言行较少拘束。宋洪迈《容斋续笔》卷二说："唐诗无讳避。"人们可以从各种文化思想和各种文艺形式中吸取创作养料，进行写作，大大丰富了诗歌的内容。唐代有不少诗人明显地受三教的影响，如李白、杜甫、白居易等。

3. 以诗赋取士的科举制度,对唐诗的繁荣起到了积极的促进作用。

《沧浪诗话》的作者严羽曾说:"或问唐诗何以胜我朝?唐以诗取士,故多专门之学。我朝之诗所以不及也。"可见,唐代的科举考试是以诗为主要内容(科目)的。因此,当时许多中下层知识分子为了谋求政治上的出路,就必须从事诗歌创作,重视对诗歌技巧的训练和对诗歌形式的掌握。一般文人为了争取地方官推荐,在考试前,到处周游,把自己的诗文献给当时有名望的人看,以求在考试时能够被录取。这样一来,就必然使广大知识分子去研习诗文。可以说"重诗重文"是有唐一代普遍的社会风气。这无疑对唐诗的繁荣起到了积极的推动作用。在唐诗作者中,绝大部分参加过科举考试,大都是进士出身,如张籍、王建、白居易等。在唐代,考中进士被称为"登龙门",就取得做官的资格,但进士及第后,还要通过吏部量才,才能正式做官。开元年间,每年到京师应试的士子超千人。

关于何时开始"以诗赋取士",有不同记载:五代王定保《唐摭言》卷一:"进士科始于隋大业中,盛于贞观、永徽(高宗即位时年号,即公元650年)之际。"明代胡震亨《唐音癸签》认为始于调露(唐高宗年号,公元679年—680年)中。《全唐诗·序》《唐会要》认为始于初唐。徐松《登科记者》说是始于开元年间,完成于天宝之际,较为可信。据《文苑英华》,应不会晚于开元年间。据范文澜《中国通史》,唐取士制度,大体沿袭隋制。唐玄宗时改由礼部考试。明经主要考帖经,进士主要考诗赋。

4. 统治者的爱好、提倡和奖励，也可视作刺激人们创作诗歌的因素之一。

据说唐代帝王自太宗以下，大都喜爱诗歌，并会作诗，常与朝臣、嫔妃赋诗唱和。南宋计有功《唐诗纪事》曾以两卷多的篇幅收录了唐代帝王的诗作。

《旧唐书·贺知章传》记载，贺知章因病上表，告老还乡（绍兴），明皇许之，并亲自作有《送贺知章》一诗，以表赠别。沈德潜《唐诗别裁集》卷九收录了此诗。

白居易去世，唐宣宗李忱亲自作诗吊唁，其中有句云："童子解吟《长恨曲》，胡儿能唱《琵琶篇》。文章已满行人耳，一度思卿一怆然。"

另外，武后宴集群臣，宋之问赋诗最佳，武后十分高兴，赐给他锦袍。

王维死后，代宗还关心过他诗集的编纂工作。他曾对王缙（王维之弟）说："卿之伯（指王维），天宝中，诗名冠代，朕尝于诸王座闻其乐章，今有多少文集，可进来。"王缙说王维诗自"天宝事后，十不存一"，便集诗文共为十卷。代宗优诏褒赏，追赠王维为秘书监。

5. 除社会原因外，唐诗的繁荣还取决于它本身的发展规律，即内在因素。

从先秦到汉魏六朝，文学经历了漫长的历史过程，诗歌、散文、小说等方面都积累了丰富的遗产，其中有值得学习的经验，也有不少深刻的教训。唐代文学家善于批判地继承前代的传统，从而形成自己的风格。

尤其是诗歌，从第一部诗歌总集《诗经》到唐代，积累已相当丰富。唐代诗人继承和发展了《诗经》《楚辞》以来诗歌的优良传统（如《诗经》、汉乐府的现实主义传统，《楚辞》的浪漫主义传统，以及唐以前历代诗人从创作方法、艺术风格到表现手法方面所积累的经验），在与齐梁以来形式主义的浮靡诗风的斗争中，创作了大量的优秀诗篇，促进了唐诗的繁荣兴盛。

在形式上，唐人继承和发展了前代诗歌的主要形式，并吸收了南朝齐永明末年沈约创立的"四声八病"（"四声"，即指平、上、去、入，和现代汉语的四声不同，这是中古时期的语调。"八病"，是指作诗时避忌的八种毛病，即"平头、上尾、蜂腰、鹤膝、大韵、小韵、旁纽、正纽"）的声律说，加以大胆创作，创造出新的诗歌形式——近体诗（即格律诗），使唐诗在形式上臻于完备，呈现出多样化的特点。明人胡震亨在《唐音癸签》卷一《体凡》中说："诗自风雅颂以降，一变有离骚，再变为西汉五言诗，三变有歌行杂体，四变为唐之律诗。诗之至唐，体大备矣。"

乐府诗在汉代已经取得了可观的成就，经建安诗人的努力又有了新发展，到唐代，诗人既继承了用旧题写时事的传统，又创立了"即事名篇"的新乐府。

诗歌形式的完备和多样化，为诗人创作提供了方便。人们可以根据不同的题材内容、不同的要求，自由选择最为恰当的诗歌形式，或叙事状物，或写景抒情，或咏史言志，创作出各种类型、各种形式的诗篇。可以说，唐诗是集古典诗歌之大成！

各种类型、各种形式的诗歌的大量产生，为唐代的诗歌园地带来了万紫千红、争奇斗艳的繁荣景象。

需要指出的是，唐诗作为一种主要的文学样式，它的繁荣和发展具有多方面的原因和有利条件，我们绝不能孤立地强调某一方面，而应当把唐代特定的社会背景（政治、经济、文化艺术等方面的因素）同诗歌本身的发展规律综合加以考察，否则就不足以说明问题。

三

从唐诗的演变过程看，可以分成四个时期。首先给唐诗全面分期的是南宋的严羽，他在写《沧浪诗话》的时候，将唐诗分为"唐初""盛唐""大历""元和"和"晚唐"五体。后来明代高棅在《唐诗品汇》中，承袭严羽之意而加以调整，将唐诗分为初、盛、中、晚四个时期，并且把各个时期的界限大致划定了一下。按照这个分法，初唐不包括高祖时代，中唐又太短，所以还不够严密。到明末，沈骐在《诗体明辨·序》中将唐诗分为"四大宗"，修正了高棅的不足之处，并重新划定各期起讫的年限。这种分法比较切合实际，因而得到大多数人的赞同而沿用至今，具体时间界限大约是这样的：

初唐：从高祖武德元年（公元618年）到玄宗开元初年（公

元713年），大约一百年。

盛唐：从玄宗开元元年（公元713年）到代宗大历初年（公元766年），大约五十年。

中唐：从代宗大历初年（公元766年）到文宗太和九年（公元835年），大约七十年。

晚唐：从文宗开成元年（公元836年）到昭宗天祐三年（公元906年），大约七十年。

下面，分别介绍一下各个时期的主要特点和作家作品的大致情况：

1. 初唐（公元618—713年）

这一时期是唐诗繁荣的酝酿与准备阶段，或者说是由齐梁形式主义诗风向盛唐健康诗风的过渡时期。

初唐前期（约三十年），在诗歌上主要沿袭齐梁以来那种"俪采百字之偶，价争一句之奇"（刘勰《文心雕龙》）的形式主义和唯美主义的浮艳诗风，贵族、御用文人的宫体诗（专写宫廷生活、贵族妇女）、应制诗（奉皇帝之命而作）左右诗坛，无成就可言。这些诗没有什么重大的思想内容，在形式上也没有很大的突破。宫体诗的代表作家是上官仪，所作之诗内容空泛，苍白无力。不过，他把六朝以来的对仗手法加以程式化，提出了所谓"六对""八对"（如"正名对"：天对地；同类对："花叶"对"草芽"等）之说，对唐代律诗的形成和发展多少也起了一点作用。

还有沈佺期和宋之问，并称"沈宋"，都做过宫廷的侍臣，写的大部分是"应制"之作，粉饰现实、点缀升平，内容贫乏，也无可取。他两人都曾被贬谪，遭到流放，在此之后，也写出一些语言自然流畅，具有生活气息的诗歌。如宋之问的《题大庾岭北驿》写自己流放中的思想感情，因物感发，寄情于景，写得一唱三叹，感伤悲凉，完全发自肺腑。"沈宋"的主要贡献，是在继承六朝以来在诗律上由沈约所提出的一些创作经验，发展出比较完整的五、七律，因而对近体诗的形成和发展也是起到一定作用的。和"沈宋"差不多同时，在武则天朝廷上的御用文人，还有所谓"文章四友"，即李峤、崔融、苏味道和杜审言。其中以杜审言较为有名，他是杜甫的祖父，其诗以五律成就为高。

在唐初，值得一提的是王绩。他的诗歌以田园闲适生活为主要题材，并突破了当时的浮艳诗风，给诗歌带来了生气，代表作是《野望》。但是对唐诗的发展做出重要贡献的还要推"初唐四杰"（王勃、杨炯、卢照邻、骆宾王）和稍后的陈子昂。初唐四杰的诗篇和陈子昂悲怆慷慨的登临之作，代表了初唐诗坛的最高成就。

初唐四杰，位下名高，才华洋溢。他们出身较低，遭遇坎坷，结局大都很悲惨，如王勃渡海落水受惊而死；卢照邻晚年因染风疾，手足残废，痛苦不堪，自投颍水而死；骆宾王因参加徐敬业反对武则天的斗争，失败后不知所终；只有杨炯终其天年。但在诗歌创作上，初唐四杰初步摆脱了齐梁绮靡柔弱诗风的影响，在内容上有所开拓，题材比较广阔，风格较为活泼刚健，如王勃的五律《送杜少府之任蜀州》：

> 城阙辅三秦,风烟望五津。
> 与君离别意,同是宦游人。
> 海内存知己,天涯若比邻。
> 无为在歧路,儿女共沾巾。

这首诗一反赠别诗的俗套,写得颇为壮健,不仅抒发了对友人的深厚情谊,而且表现出诗人旷达朗爽的胸襟和积极进取的乐观精神。

从形式上看,他们的作品大都对仗工整,讲究音律,但未能完全摆脱六朝余习。比较而言,王勃、杨炯的近体诗(五、七律及五绝)成就较大。王勃除《送杜少府之任蜀州》外,还有《别薛华》等。如杨炯的《从军行》写得比较工整:

> 烽火照西京,心中自不平。
> 牙璋辞凤阙,铁骑绕龙城。
> 雪暗凋旗画,风多杂鼓声。
> 宁为百夫长,胜作一书生。

卢照邻、骆宾王的歌行体成就较高。如卢照邻的代表作《长安古意》是一首长篇七言歌行,诗以纵横奔放、富丽铺陈的笔法揭露了上层权贵骄奢淫逸的腐朽生活。

骆宾王的《帝京篇》(五、七杂言)笔调利落,被誉为"绝唱"。五律《在狱咏蝉》以蝉自比，抒发自己的高洁之志及无辜受害的冤屈。五绝《于易水送人》咏史怀古。还有两首长篇的七言古诗《艳情代郭氏答卢照邻》《代女道士王灵妃赠道士李荣》，前者写得婉转而哀切，语言精练而动人；后者"一气到底而又缠绵往复"（闻一多语）。

总之，初唐四杰的崛起，使唐诗开始呈现出新的面貌。后来杜甫在《戏为六绝句》中给予很高的评价：

  王杨卢骆当时体，轻薄为文哂未休。
  尔曹身与名俱灭，不废江河万古流。

继"四杰"之后，陈子昂提出复古革新的主张，标举"风雅兴寄"和"汉魏风骨"，鄙弃齐梁形式诗风，强调诗歌要有充实的现实内容，并从创作中实践了这种革新主张，为唐诗的健康发展开一代新风，成为盛唐诗风的揭幕人，其诗歌主张见于《修竹篇序》。

陈子昂的代表作有《感遇》三十八首、《登幽州台歌》，前者内容充实，风格刚健质朴；后者以苍凉悲雄的声调，抒发了自己怀才不遇、报国无门的悲愤心情：

  前不见古人，后不见来者。
  念天地之悠悠，独怆然而涕下。

除陈子昂外，这个时期的著名诗人还有刘希夷、张若虚等人。

刘希夷的《代悲白头翁》虽然还未脱尽六朝铅华，但比卢照邻的《长安古意》更为自然流畅。如："洛阳城东桃李花，飞来飞去落谁家？……今年花落颜色改，明年花开复谁在？……古人无复洛城东，今人还对落花风。年年岁岁花相似，岁岁年年人不同。"

刘希夷是宋之问的外甥，传说宋之问非常喜欢这首诗，而且知道他没传于别人，于是恳求刘希夷把这首诗让给他，刘希夷不同意。宋之问非常恼恨，便叫仆人用土囊把他压杀在房间里。这个传说，见于辛文房的《唐才子传》，真假虚实很难证实。不过，刘希夷在作《代悲白头翁》后不到一年就被人所杀的事，大概是可靠的，他死时还不到30岁。

张若虚稍晚于刘希夷，是初唐后期的一个著名诗人，玄宗开元初年与贺知章、张旭、包融号称"吴中四士"。他的诗仅存两首，《春江花月夜》是极负盛名的一首，曾被前人誉为"孤篇盖全唐"的杰作，闻一多先生在《唐诗杂论·宫体诗的自赎》中也称它为"诗中的诗，顶峰上的顶峰"。另一首题为《代答闺梦还》。

总的来看，初唐诗歌未能完全摆脱齐梁以来的形式主义的浮靡诗风，但经过"四杰"和陈子昂他们的努力，诗歌的题材扩大了，内容充实了，诗歌的形式也基本成熟。这一切，预示着唐代诗歌高潮行将到来。

2. 盛唐（公元 713 年—766 年）

如果说唐诗是中国古典诗歌的高峰，那么盛唐诗歌便是这座高峰的顶点。

这个时期，整个诗坛闪耀着奇光异彩，不仅升起了李白和杜甫这标志着唐诗浪漫主义和现实主义的"双子星座"，而且涌现出孟浩然、王维、高适、岑参、王昌龄、李颀这样一些著名的诗人，产生了多种多样的风格流派。这种景象正如李白所描写的：

群才属休明，乘运共跃鳞。
文质相炳焕，众星罗秋旻。

——《古风》其一

孟浩然、王维、常建、储光羲、祖咏、裴迪等以田园山水诗见长，人们习惯称之为"田园山水诗派"。他们的作品极为成功地描写了幽静的景色，借以反映其宁谧的心境。如王维的《山居秋暝》描写了一个宁静秀美的山村的雨后秋景，表达了对大自然的向往之情。宋代苏轼曾称赞他的作品"诗中有画""画中有诗"。孟浩然的《秋登万山寄张五》《过故人庄》也别有特色。

以"边塞诗"著称的高（适）、岑（参）诗派，包括王昌龄、王之涣、李颀、王翰等人。他们的作品以丰富的想象、磅礴的气势、精粹的语言，生动地描绘了边塞瑰奇多彩的风光和激烈的战斗场面。如高适的《燕歌行》，岑参的《走马川行奉送封大夫出师西征》《白雪歌送武判官归京》等七言歌行，都写得很出色。

王昌龄的《从军行》七首其四："青海长云暗雪山，孤城遥望玉门关。黄沙百战穿金甲，不破楼兰终不还。"《出塞》二首之一："秦时明月汉时关，万里长征人未还。但使龙城飞将在，不教胡马度阴山。"可谓唐人七绝的压卷之作。

另外，还有李颀的《古意》《古从军行》，王之涣的《登鹳雀楼》《凉州词》，以及崔颢的《黄鹤楼》等，都称得上传世佳作。

盛唐诗歌的特点，主要表现在以下两个方面：

第一，题材内容极为广泛，各种诗体完全成熟，律、绝二体被广泛运用，特别是五、七绝运用最广，成就极高。古体诗（五古、七古及乐府歌行）同样受到人们重视，并为李、杜等大家所喜用，同样取得极大成就。

第二，作品的主要倾向：思想乐观、开朗，感情奔放激昂，语言清新流畅，反映出所谓的"盛唐气象"。不少暴露社会黑暗、控诉人间不平以及反映战离之苦的诗作，也大都表现为激昂悲壮，敢怒敢言，不显得哀怨、绝望。

安史之乱前以李白为代表的浪漫主义和乱后以杜甫为代表的现实主义双峰对峙，在诗歌创作方面，达到了繁荣的顶峰。

3. 中唐（公元 766 年—835 年）

"安史之乱"是唐王朝由盛转衰的标志。中唐时期与安史之乱期间相比，虽然得到相对的稳定，但各种矛盾继续发展，藩镇割据，宦官专权，朋党之争，社会日益衰落。反映在文学上，出现了许多反映现实的诗篇，进步的作家自觉地起来揭露、鞭挞社会现实。

中唐前期，元结、顾况、戎昱等一批作家，继承了杜甫的批判精神，写了一些反映人民苦难、讽喻时政的诗作。如元结的《舂陵行》《贼退示官吏》，顾况的《囝》《公子行》，戎昱的《苦哉行》等，都是具有现实意义的佳作。他们是杜甫到白居易之间的桥梁，是新乐府运动的先驱。

刘长卿、韦应物等人继承了盛唐王、孟诗派的传统，以山水诗见称。刘长卿以"五言长城"自负，善于"以画入诗"，所咏多羁旅愁怀，境界孤清。韦应物以描写景物和隐逸生活著称，在艺术上效法陶渊明，也受王维的影响。如其七绝《滁州西涧》写得优美如画：

独怜幽草涧边生，上有黄鹂深树鸣。
春潮带雨晚来急，野渡无人舟自横。

这一时期还有"大历十才子"。所谓"十才子"，指的是卢纶、吉中孚、韩翃、钱起、司空曙、苗发、崔峒、耿湋、夏侯审和李端十人。他们的作品很少反映社会的动乱和人民的苦难，而极尽歌功颂德之能事，唐李肇《国史补》说"大历之风尚浮，贞元之风尚荡"，可见他们得到的评价是不高的。他们十人中，钱起的成就较高。他的写景诗注重立意造境，讲究遣词炼字，所以往往出现佳句。如他在应试时写的一首诗《省试湘灵鼓瑟》，最后两句比较有名，可说是神来之笔："曲终人不见，江上数峰青。"说的是湘水的女神在弹瑟，音乐结束了，可是看不到鼓瑟的湘灵，只能见到江上青翠的山峰。据说，当时主考官李暐看了这首诗赞叹不已，"击节咏叹者久之"。钱起因此被擢为高第。

"十才子"中的卢纶所作《和张仆射塞下曲》六首也比较著名，其三说：

月黑雁飞高，单于夜遁逃。
欲将轻骑逐，大雪满弓刀。

诗写将军的勇敢善战，十分生动传神。

此外，李益受盛唐李白和边塞诗人王昌龄的影响，写了一些比较出色的边塞诗。如《塞下曲》：

伏波惟愿裹尸还，定远何须生入关？
莫遣只轮归海窟，仍留一箭定天山。

这首小诗借用历史事件，抒发他热望沙场歼敌、以身报国的豪情壮志。全诗对仗精巧工稳，用典贴切自然，难怪明代胡应麟评唐人绝句时，以李益为盛唐以下第一人，认为"可以和太白、龙标（王昌龄）竞爽"。

宪宗元和（公元 806 年）以后，出现了白居易领导的新乐府运动，继杜甫、元结之后，把诗歌的现实主义创作推到一个新的高峰，使唐诗经过一度衰落之后又重振旗鼓，出现所谓"中兴"气象。

新乐府运动的参加者，比白居易略早的，有出身寒门的张籍、穷困一生的王建，以及第一个有意识地写作《新题乐府》二十首的李绅。张、王乐府成就较高（李绅《新题乐府》二十首，早已失传）。李绅的《悯农诗》二首颇负盛名：

春种一粒粟，秋收万颗子。
四海无闲田，农夫犹饿死。（其一）

锄禾日当午，汗滴禾下土。
谁知盘中餐，粒粒皆辛苦。（其二）

白居易和元稹（世称"元白"）则是新乐府运动的倡导者。白居易在《与元九书》中明确提出"文章合为时而著，歌诗合为事而作"的主张，并写下了大量揭露当时各种弊政和反映民间疾苦的现实主义诗篇，其中《新乐府》五十首、《秦中吟》十首，内容比较深刻，战斗性很强，所以那些达官贵人看到他的诗歌，或"变色"，或"扼腕"，或"切齿"。他是继杜甫之后一位杰出的现实主义诗人。

元稹是白居易的好友，也是新乐府运动的倡导者之一。他早年写了一些《新题乐府》和所谓《乐府古题》，反映现实都有一定深度，只是艺术性差一些。《田家词》和《连昌宫词》是他的代表作品，前者完全是农民激愤的话，反映了人民的情绪，是他作品中最优秀的一首乐府诗；后者是一首著名的长篇叙事诗，通过连昌宫的兴废变迁，含蓄地揭露了玄宗及皇亲骄奢淫逸的生活和外戚的飞扬跋扈，前人认为它"有监戒规讽之意"。

与新乐府运动同时并存，作风却完全不同的诗人，还有韩愈、孟郊、贾岛等人，他们是中唐另一流派的著名诗人，有"韩孟诗派"之称。

韩愈首开"以散文入诗"的先河，主张别出心裁，其诗雄健、壮丽和散文化，喜用怪字，造拗句，不少诗写得生僻、晦涩，呈现出一种奇崛险怪的风格，但也有较清新的诗作，如《山石》《八月十五夜赠张功曹》等。

孟郊与贾岛都是以"苦吟"著称。苏轼称之为"郊寒岛瘦"（"瘦"，即"僻苦"之意）。他们很注意在遣词造句上下功夫，刻意求新求奇。孟郊在《夜感自遣》中说："夜学晓未休，苦吟神鬼愁。"贾岛说："两句三年得，一吟双泪流。"（《送无可上人》诗下自注）孟郊的《寒地百姓吟》《织妇辞》《长安早春》等诗，反映人民疾苦，揭示阶级矛盾，都比较深刻。贾岛的诗《剑客》也很有特色：

十年磨一剑，霜刃未曾试。
今日把示君，谁有不平事？

传说贾岛在长安时，有一次去访问一个隐居的朋友，即景发兴，作了一首《题李凝幽居》，其中有"鸟宿池边树，僧推月下门"两句，想把"推"字换为"敲"字，但又拿不定主意，正在苦思冥想，不觉撞到京兆尹韩愈的车骑，韩愈得知情况后，赞成他用"敲"字比"推"字好。后来"推敲"二字便成了反复考虑问题的专用词。

韩孟诗派，走上了一条"横空盘（旋）硬语"（韩愈《荐士》）的"奇崛险怪"道路，后来的卢仝、马异、樊宗师等人的诗更是向怪僻诗风恶性发展，简直莫名其妙，不知所云。这种在诗歌创作中，追求奇险，搜罗奇字、生僻字，而走向极端，使诗歌失去内容上的积极意义，可以说是"一种雕肝呕肺的文字游戏"。

除元、白和韩、孟两派之外，刘禹锡、柳宗元也是这一时期有成就的诗人。刘禹锡的诗简练而沉着，其讽刺时政之作比较有名，如《元和十年自朗州至京，戏赠看花诸君子》：

紫陌红尘拂面来，无人不道看花回。
玄都观里桃千树，尽是刘郎去后栽。

含蓄而又辛辣地讽刺了当朝的统治者，风格刚健有力。他还学习屈原写《九歌》的精神，创作了组词《竹枝词》，其中有一首是这样写的：

杨柳青青江水平，闻郎江上踏歌声。
东边日出西边雨，道是无晴却有晴。

这是用一个女子的口吻唱出来的一首情歌。诗人用阴晴的"晴"和爱情的"情"谐音双关，含蓄、巧妙地表现了农村女子健康的爱情，清新自然，具有民歌风味。

柳宗元和韩愈一样是散文大家，在诗歌创作上也有成就。柳宗元以写山水诗出名，如《江雪》一诗：

千山鸟飞绝，万径人踪灭。
孤舟蓑笠翁，独钓寒江雪。

短短四句诗，写得简洁细致，生动逼真，犹如一幅优美的图画。

在中唐诗坛上，还有一位独树一帜、放射异彩的青年诗人李贺。他终身郁郁不得志，只活了二十七岁，但在这短暂的一生中写下了大量新奇瑰丽、具有浪漫主义气息的诗篇，为唐代百花争艳的诗坛增添了奇葩异卉，有《李凭箜篌引》《金铜仙人辞汉歌》《老夫采玉歌》《雁门太守行》等名篇。李贺诗的名句很多，如"黑云压城城欲摧"（《雁门太守行》）、"天若有情天亦老"（《金铜仙人辞汉歌》）等，所以毛泽东主席说："李贺诗很值得一读。"

虽然李贺诗具有想象丰富、构思精巧、比喻新颖的独特风格，但另一方面，由于他生活面的窄狭，体验不深，有的诗流于隐晦荒诞，不易理解，有唯美主义的倾向。

总的来说，中唐作家多（五百七十多人），诗歌流派层出，风格多样，作品丰富（一万九千余首诗），在整个唐代文学史上占有重要的地位。

4. 晚唐（公元 836 年—906 年）

晚唐时期，社会更加动荡，国势每况愈下，各种矛盾纷至沓来。到公元 875 年，终于发生黄巢起义。反映在诗歌创作上，揭露现实的深度比中唐似乎更深一些，但随着唐王朝的日趋衰亡，唐诗的发展已进入尾声，作品大多染上了一层凄凉感伤的色彩。

晚唐前期的代表作家要推杜牧和李商隐，他们并称"小李杜"。

杜牧的诗往往流露出理想与现实相矛盾的苦闷，某些作品表现了一定的爱国忧民的思想感情。他的《过华清宫绝句》《江南春》《赤壁》《泊秦淮》《山行》等七绝，风格俊爽别致，词采清丽，意境新颖，历来为人所传诵。

李商隐则尤长于七律、七绝，继承了李白、杜甫的优秀传统，又兼取以前各家之长，注重格律、辞采，讲究使事用典，形成独特的风格。他的政治诗如《隋师东》《有感》《重有感》等，是当时一些重大政治事件的实录。他还写了许多借古讽今的咏史诗，如《贾生》：

宣室求贤访逐臣，贾生才调更无伦。
可怜夜半虚前席，不问苍生问鬼神。

借咏史寄托自己怀才不遇的感慨。

他的爱情诗,具有缠绵、典雅的特点,其中有"春蚕到死丝方尽,蜡炬成灰泪始干""身无彩凤双飞翼,心有灵犀一点通"这样一些为人传诵的名句。有人称李商隐是写爱情诗的能手。他是晚唐有特色的诗人,在诗歌发展史上具有特殊的艺术成就。但他的诗也有缺点,用典有时过多,晦涩难懂。

到黄巢起义前后,皮日休、聂夷中、杜荀鹤等在诗歌创作上,继承了元、白"新乐府"的优良传统,写了一些反映现实、同情人民疾苦的诗篇,但在艺术上不及中唐新乐府诗人,缺乏艺术上的独创。

皮日休的《橡媪叹》、聂夷中的《咏田家》、杜荀鹤的《山中寡妇》等,写得都比较深刻。

还有陆龟蒙的《筑城词》《新沙》,罗隐的《雪》《金钱花》等,讽刺性也很强。罗隐的《金钱花》是这样写的:

占得佳名绕树芳,依依相伴向秋光。
若教此物堪收贮,应被豪门尽劚将。

这是一首咏物寄意的诗,通过咏金钱花,把豪门地主拼命搜刮钱财的丑恶嘴脸和贪求无度的卑鄙心理揭露出来,讽刺尖锐,形象鲜明。

唐末农民起义领袖黄巢有两首"菊花"诗,其思想、艺术都很有特色:

题菊花

飒飒西风满院栽，蕊寒香冷蝶难来。
他年我若为青帝，报与桃花一处开。

菊花

待到秋来九月八，我花开后百花杀。
冲天香阵透长安，满城尽带黄金甲。

前一首大概是他早期的作品，借物言志。后一首是落第后所作，语意双关，暗寓打破唐王朝的腐朽统治之意，气魄雄大，风格刚劲。

此外，还有一些以凄婉轻艳的风格伤悼离乱的诗人，如司空图、吴融、韩偓、韦庄等，其诗内容比较单薄，少数在艺术上较有成就。如韦庄《台城》：

江雨霏霏江草齐，六朝如梦鸟空啼。
无情最是台城柳，依旧烟笼十里堤。

写得形象如画，情致婉转，但情调低沉，似含有对唐帝国衰亡的感伤。

总之，唐诗以丰富的内容、深远的意境、多样的风格、优美的韵律而成为中国文学史上一颗光辉灿烂的明星。

读唐宋词

一、唐五代词

从广义上说，词也是诗，是一种格律化、有固定字数的、句式长短不齐的古代抒情诗样式。

关于词体的起源和形成，历来说法不一。根据宋王灼《碧鸡漫志》和张炎《词源》上的说法，词最早产生于隋代。但词的正式兴起是在唐代。

同其他文学形式的产生一样，词也起源于民间。现存最早的唐代民间词是敦煌曲子词，共一百六十多首，其中也有少量文人词。

中唐时期，由于民间词的广泛流传，一些文人学习民间词，创作了一些优秀作品。如张志和的《渔歌子·西塞山前白鹭飞》

描写水乡风光,借理想化的渔人自道隐居江湖之乐,寄托了自己爱自然、慕自由的情趣。在格调上似七绝,而第三句字数略加变化。韦应物《调笑令·胡马》描写草原风光,也很出色。至于白居易、刘禹锡"依曲拍为句"作《忆江南》等词,则是词体宣告成立的一个突出标志。

晚唐时期,写词的人渐多,其中要数温庭筠写词最多,对后世影响也最大。《花间词》录温词60首,是花间词的鼻祖。文人词的传统,严格来讲,是从温庭筠开始的。他与韦庄齐名,并称"温韦",然温浓而韦淡,各尽其妙。

在花间词之外还有南唐词,主要指冯延巳、李璟和李煜三人的作品。冯延巳"著乐章百余阕"(马令《南唐书·党与传》),超过"温韦",是唐五代词人中作词最多的。李璟是南唐中主,作词不多。李煜是南唐后主,其词比之《花间集》中的"温韦"词及冯延巳《阳春录》,皆为短少,但艺术造诣很高,感染力很强,对词的发展所做的贡献很大。王国维《人间词话》评说:"词至李后主而眼界始大,感慨遂深,遂变伶工之词为士大夫之词。"在令词发展史上,李煜的词确是到了登峰造极的地步,随之而来的即是宋词的兴盛景象。

二、宋词兴盛的原因

词兴起于隋唐,至两宋而极盛。在当时,词的数量是相当可观的。作者不仅有士人,而且遍及社会各阶层,上至帝王将相、高官贵人，下至伶工妓女、尼姑和尚，莫不竞作"新声"。就现存的宋词总集《全宋词》看，作品有一万九千九百余首，作家达一千三百三十余人。以词调而论，清人万树《词律》所收词调六百六十调，词体一千一百余体，大多来自两宋。就质量而言，无论是思想内容的丰富还是艺术形式的完美，宋词都达到了极高的境界。其名家之多，作品流行之广，更是唐五代词所不能比拟的。在我国诗歌发展史上，宋词以它百花争妍、万紫千红的姿态，与唐诗、元曲相互辉映，成为一代文学的代表。

词在宋代盛极一时，与当时的政治、经济条件有着密切的联系。北宋王朝的建立，结束了唐五代以来的分裂局面。国家统一之后，社会生产力得到迅速恢复与发展，城市经济日趋繁荣。特别是在汴京等一些人口集中的都市里，秦楼楚馆，竞睹新声，歌词的创作，随着市民生活的需要而兴盛起来。一时间出现了大批词家，如晏殊、欧阳修、柳永、苏轼等，给我们留下了许多脍炙人口的词篇。

南宋时期，国破家亡，民族矛盾异常尖锐，统治阶级不但不图恢复中原，反而进一步向金人屈膝求和，以求换取东南半壁河山的苟安。这种耻辱激起了无数爱国志士的正义呼声，于是产生了一大批优秀的爱国词人和词篇，成为南宋词的主流。当南宋偏安已定，朝廷上下又文恬武嬉时，继续过着"山外青山楼外楼，西湖歌舞几时休"（林升《题临安邸》）的腐化糜烂生活。这种社会环境又造成了艳词的发达。

除上述特殊的历史条件外，宋词的兴盛又是为文学本身发展的规律所决定的。王国维《人间词话》云:"四言敝而有《楚辞》,《梦辞》敝而有五言,五言敝而有七言,古诗敝而有律绝,律绝敝而有词。盖文体通行既久,染指遂多,自成习套。豪杰之士,亦难于其中自出新意,故遁而作他体,以自解脱。"这就告诉我们:任何一种文学体裁的产生、发展、繁荣和衰落,都有着自身的规律。唐朝盛兴的律绝,至晚唐已盛极难继,故人们遁而改作曲子词以解脱。从现存的词集来看,词在中晚唐和五代已经成长起来。宋人王灼说:"盖隋以来,今之所谓曲子者渐兴,至唐稍盛。"(《碧鸡漫志》卷一)宋词就是在晚唐五代词人的影响下,在"变旧声、作新声"(李清照《词论》)的基础上发展起来的。如果没有唐五代词的"稍盛",宋词也难以形成大盛的局面。

君主之提倡,也是促使宋词兴盛的原因之一。宋代统治者鉴于晚唐五代战祸频仍,因此竭力争取边境和平,限制武功,提倡文治,最高统治者如太宗赵光义、仁宗赵祯,《宋史·乐志》上都说他们"洞晓音律",还亲自度曲制词。由于君主的提倡,一时朝野上下均以能词为荣。有人因能词得到奖励和提拔。如宋祁作《鹧鸪天》,仁宋以宫人赐之;俞国宝以《风入松》词得高宗赞赏,即日得官。风气形成,于是本来已经有了相当声势的词,这时就由诗的附庸而蔚为大观了。

三、北宋词坛

宋初的词，基本上是晚唐五代绮靡婉约词风的余绪。作者多是达官贵人，如晏氏父子、宋祁、欧阳修等。他们的词以小令为主，内容不外是男欢女爱、惜春伤别、歌舞升平，格调不高。但在艺术风格上多少摆脱了花间词的华丽秾腻，显得比较清新、淡雅、婉转，近似南唐词风。晏殊和欧阳修的词虽同承冯延巳，但前者得其俊，后者得其深；晏几道虽与其父晏殊并称二晏，但因家境衰落，情调感伤，词风更接近于李后主。这一时期除婉约词人外，值得注意的词人还有范仲淹和王安石。他们留下来的词作虽不多，但在内容和形式上有新的开拓，气魄较大，对后代豪放词的兴起有很大影响。

北宋词风的改变，是从柳永开始的。柳永是一位以词为主要创作体裁的著名词人，他对词的发展做出了卓越的贡献。柳永词除写男女恋情、相思离别外，还有大量描写城市风光和倡优歌妓的生活情态以及个人羁旅行役方面的内容，使词呈现出较为宽阔的生活画面，扩大了词的题材范围。他大量创制慢词，发展了长调的体制，使词在形式上步入了一个新的阶段；他善于铺叙，长于白描，且以大量俚词俗语入词，使词由雅向俗转化，深受市民阶层的欢迎，"凡有井水饮处，即能歌柳词"（《避暑录话》卷三）。

但是，尽管柳永在词的体裁、情味、语言上对词的发展起了很大影响,但词的婉约的风格并没有起根本性的变化。抒写儿女之情,列入侧艳之科,仍然作为词的本色而与诗有别。

真正指出向上一路,开一代词风,给宋词带来"质"的变化的,是杰出词人苏轼。他把诗文革新运动扩大到词的领域,在题材内容、表现方法、语言运用、风格特色等各个方面,都有了新的突破,成功地创作出了数量较多、题材广阔、"如诗如文"(刘辰翁《辛稼轩词序》)的作品,提高了词表情达志的功能,且词风放纵遒劲,感情豪迈激荡,开创了与传统婉约词派并行的豪放词派,为南宋以辛弃疾为首的悲歌慷慨的爱国词派开了先路。如他的《江城子·密州出猎》《念奴娇·赤壁怀古》等词,无论在风格还是情调上都大异于婉约者流,令人耳目一新。在音律上,苏轼不受传统声律束缚,所谓"豪放不喜裁剪以就声律"(陆游语),使词摆脱了作为乐曲歌词而存在的附庸状态,成为一种独立的新诗体。

苏轼虽然是豪放派词的开创者,但他的词在豪放的风格以外,也有不少清新婉丽的篇章。实际上,苏轼的词是兼具豪放与婉约两种风格的。

北宋后期,在词坛上占主要地位的是秦观、贺铸和周邦彦等。当词的发展已经因苏轼的出现而扬起一个"诗化"之高峰的时候,作为"苏门四学士"之一的秦观,在词的创作上却很少受苏轼的影响,而是继承了温庭筠、柳永的婉约格调,成为宋词中婉约派的代表词人之一。贺铸词以深婉密丽见长,但也有悲壮慷慨之作。如其《六州歌头·少年侠气》,写一豪侠少年,豪迈不羁，一心报国，结果身任卑职，无路请缨，只能"恨登山临水，手寄七弦桐，目送归鸿"。词风苍凉沉郁，对南宋辛弃疾、刘过等人的词风有开启作用。周邦彦则是北宋婉约词的集大成者。他熟谙音律，曾在朝廷音乐机构大晟府供职，在乐曲的整理和创制上做了不少工作。他的词继承柳永而有所变化，市井气少而宫廷气多。言情咏物也比前人更为工巧，开创了用长调咏物的风气。同时他的词在音乐格律上特别精审，对词的结构、布局、遣词造句都十分讲究，语言典雅庄重，结构缜密工稳，对词的规范化起了一定作用。

四、南宋词坛

词至南宋，又出现了新的局面。南宋初期，由于金人入侵，中原沦陷，人民爱国热情高涨，于是词坛柔靡婉约的词风为之一变，一批充满豪气的爱国词作便应运而生。首先是一些抗战的将领和竭力主张抗战的有为之士，纷纷发出激昂悲壮的求战呼声："燕然即须平扫，拥精兵十万，横行沙漠，奉迎天表。"（李纲《苏武令》）"试问乡关何处是，水云浩荡迷南北。但一抹寒青有无中，遥山色。"（赵鼎《满江红》）而抗金名将岳飞的《满江红》，更是一首壮怀激烈的战歌，"千载下读之，凛凛有生气焉"（陈廷焯《白雨斋词话》）。围绕着朝廷内部主战派和主和派的斗争，张元干、胡铨、张孝祥等人，也都以词参加斗争，表现出对投降和议政策的强烈不满。他们在由苏轼到辛弃疾的发展进程中，起着桥梁和先行者的作用，其历史地位是不容忽视的。

在时代风云的激荡下，一些在北宋后期开始创作生活的词人，此时词风亦为之一变。早年词"甚婉丽"的叶梦得，晚年词风转为"简淡中见雄杰"（《题石林词》）。前期常写艳情风物的向子諲，后来却多伤时忧国之作，自己把词分为"江北旧词"和"江南新词"。生活在北宋末年并跨入南宋的李清照，是我国词史上著名的女词人。她前期的词多写闺情相思，风格清丽明快而饶有韵味；而南渡以后，词风有明显改变，表现出一种深沉哀怨的情调，有向豪放派接近的倾向。她所作《永遇乐》，使刘辰翁"为之涕下"，"每闻此词，辄不自堪"，可见感染力之强。李清照不仅在词的创作上取得了重大成就，而且在词学理论上亦有建树。她的《词论》提出词"别是一家"之说，严格区分词与诗的界限，重视词自身的艺术特点，在词论史上有重要地位。但这种主张也在一定程度上限制了她词的成就。

南宋爱国词，至辛弃疾出而达到高峰。他继承了北宋苏轼的豪放词风和南宋初期爱国词人的传统，用词这种形式来表达抗金爱国的愿望，抒发壮志蹉跎的悲愤，批判南宋朝廷的苟且偷安和投降派的误国，使词的内容更为深广，境界更为阔大。辛词的风格，虽以苍凉、雄奇、沉郁为主调，但也有秾丽、清新、婉媚之作。特别是他能摧刚为柔，在一首词里造成内外两种不同的意境，如《摸鱼儿·更能消几番风雨》就是这方面的代表作。再者，苏轼的文学活动主要是在散文和古近体诗上，词只是他的"余事"；而辛弃疾的文学成就主要在于词，现今留传下来的词计有600余首,在宋代词人中数量最多。他运用语言能力特别高明,苏轼"以诗入词",到辛弃疾则不仅融化了诗文,而且不论经、史、古典古事、民间口语都能纳入词中,从而大大开拓了词的表现天地。就辛词所取得的成就看,清人陈廷焯称他为"词中之龙",是一点也不过分的。

在辛弃疾的影响下,与他同时的陆游、韩元吉、陈亮、杨炎正、刘过和稍后的刘克庄、陈人杰、刘辰翁等,词作也多有豪迈的爱国之音,后人称之为"辛派词人"。

南宋后期,宋金对峙的局面比较稳定,词坛上爱国主义的呼声日渐微弱,代之而起的是姜夔、史达祖、吴文英等风雅派和格律派词人。他们在国家民族危亡的时候,没有勇气面对现实,因而词作内容比较空洞,缺乏社会意义。不过这时婉约派的词风已不同于晚唐五代和北宋初期那样以轻艳绮丽为特色,以男女恋情为主要内容,而更多地表现为寄情山水,风格也比较雅洁高远。尤其是他们承袭周邦彦的词风,刻意追求形式,讲究词法,雕琢字句,推敲声韵,在艺术上有一定的成就。

南宋末年,在词坛上占主要地位的有王沂孙、周密、张炎等人,他们仍然是姜夔的继承者,词风与之大体相类。不过,由于他们处于家国败亡之际,亲身经历了亡国的痛苦,所以发而为词者,大多是那种"哀音似诉"的"亡国之音"。从这些词人身上,我们既看到了南宋王朝最终覆灭的过程,又看到了宋代词坛在它结束之时所发出的最后一点如萤火般的微光。

读宋诗

宋诗是继唐诗之后，我国诗歌发展史上又一座艺术高峰，虽然它没有唐诗那样辉煌和光彩，但仍以其鲜明的时代特色和独创的艺术风格，开辟了诗歌创作的新天地，其总体成就是元、明、清三代诗歌所难以超越的。

在唐诗的光辉榜样映照下，在两宋特定的时代精神和文化氛围的熏染下，宋代的诗歌创作又有很大的发展，为中国诗坛带来了"再盛"的局面，也堪称一代大观。先就作家作品数量说，仅清人厉鹗《宋诗纪事》一书所录，宋代诗人即有三千八百余家，已超出《全唐诗》所载唐代诗人两千三百余家之数，而据北京大学古文献研究所所编《全宋诗》的统计，诗人已达八千九百余名，诗篇数量也较唐代多出数倍，譬如陆游一人的创作就有近万首，这在唐宋诗歌发展史上是绝无仅有的。再就名家看，有王禹偁、苏舜钦、梅尧臣、欧阳修、王安石、苏轼、黄庭坚、陈师道、陈与义、陆游、杨万里、范成大、刘克庄、文天祥等。再看诗歌流派，北宋有西昆体、江西派，南宋有江湖派、四灵派等。

宋代诗歌的成就和价值，不仅表现在作者众多、作品数量巨大以及名家辈出、众派纷呈上，还表现在诗歌特质的"新变"上。在唐诗取得辉煌而丰富的成就之后，宋代诗人面临的一个尖锐问题是如何别开生面，闯出一条自己的路。吴之振在《宋诗钞·序》中说："宋人之诗，变化于唐，而出其所自得，皮毛落尽，而精神独存。"这就指出了宋诗有其"变化"和"自得"的特点。宋人在继承唐诗的基础上，又努力另辟蹊径，另谋发展，终于形成了宋诗自己的面目，形成了与"唐音"迥然不同的"宋调"。

说到宋诗的特色，人们自然要提到"以文字为诗，以议论为诗，以才学为诗"（严羽《沧浪诗话》）。其实，这只是宋诗在艺术表现上的特色。宋诗的特征，是以唐诗为参照系的。诗史研究上的唐宋诗之争，从南宋延续到近代，人们几乎无法离开唐诗来单独评价宋诗。尽管有的争论也触及了宋诗的一些特点，但都还停留在表面层次。就唐宋诗之别而言，则以钱锺书、缪钺的论述最为公允精辟。如钱锺书先生在《谈艺录》中指出："唐诗、宋诗，亦非仅朝代之别，乃体格性分之殊。天下有两种人，斯分两种诗。唐诗多以丰神情韵擅长，宋诗多以筋骨思理见胜。"缪钺先生的论述更为具体细致。他在《论宋诗》一文中说："唐诗以韵胜，故浑雅，而贵蕴藉空灵；宋诗以意胜，故精能，而贵深折透辟。唐诗之美在情辞，故丰腴；宋诗之美在气骨，故瘦劲。唐诗如芍药海棠，秋华繁采；宋诗如寒梅秋菊，幽韵冷香。唐诗如啖荔枝，一颗入口，则甘芳盈颊；宋诗如食橄榄，初觉生涩，而回味隽永。"关于宋诗的利弊功过问题，虽然至今还存在着争议，但钱、缪两位前辈学者的看法，已大致得到公认。因此，我们不宜简单地去评论二者的优劣，更不可一概尊唐轻宋。

关于宋诗的发展演变过程，由于篇幅所限，我们只能勾勒出一个大致的轮廓。

北宋初期，诗坛上流行的主要是三个诗歌流派，即白体诗派、晚唐体诗派、西昆体诗派。"白体"诗人主要有李昉、徐铉、王禹偁等，尤以王禹偁为其突出代表。这派诗人主张学习和继承杜甫、白居易的现实主义传统，写下了一些揭示民生疾苦、暴露社会弊端的诗篇，而且风格比较朴质清新，为宋诗的发展开辟了一条健康的道路。如王禹偁的《对雪》《感流亡》等诗，都是与白居易的"讽喻诗"精神相通的。

大约与王禹偁同时的另一批诗人以学习贾岛、姚合为生，其诗被称为晚唐体。这派诗人有"九僧"和林逋、魏野、寇准、潘阆诸人。其中除了寇准是高官外，大都是隐逸山林的处士和僧人，因而诗的题材狭小，不能反映现实生活，影响不大。

比白体、晚唐体的流行稍后一点的一个重要支派是西昆体。这一诗派的形成以《西昆酬唱集》为标志，正如欧阳修在《六一诗话》中所说："盖自杨、刘唱和，《西昆集》行，后进学者争效之，风雅一变，谓之昆体。"《西昆酬唱集》共收杨亿、刘筠、钱惟演、李宗谔、陈越、李维、丁谓等十七人相互酬唱的近体诗二百五十首，其中杨、刘、钱的诗占全集的五分之四以上，因而三人被推为西昆体的领袖人物和代表作家。他们刻意学习晚唐诗人李商隐,注重音节铿锵,专以典故与辞藻装点律诗,作品雍容典雅,精整工切,颇有矫正诗界平弱浅露之习的作用,然而雕采过甚,失之浮艳,又因忽视了在内容上的开拓,使作品失去活力。由于杨亿、刘筠等人位高名显,西昆体诗风笼罩诗坛数十年,稍后的晏殊、宋祁等人,都属此派。

北宋中期,随着社会政治危机的日益加深,统治阶级内部一些有识之士纷纷提出政治改革的要求,导致了仁宗朝的庆历新政。与此相应,在文学上也掀起了一个声势浩大的诗文革新运动,欧阳修是这场运动的领袖人物,在他周围聚集了梅尧臣、苏舜钦、石延年等一批作家。他们不满于诗坛上流行的西昆体诗风,主张文学应当反映现实,"务为有补于世",从理论到创作上为宋诗的发展开辟了道路。接着王安石和苏轼等北宋诗的大家,在广泛而深入地反映现实生活方面、在诗的表现艺术方面都做出了杰出的贡献,进一步巩固了诗文革新运动的成果,创造了文学史上又一个繁盛时期。尤其是苏轼,他的诗、词、散文三种作品,在宋代无疑都是一流的。

北宋后期的作家几乎无不直接或间接地受到苏轼的文学影响。如黄庭坚、晁补之、秦观、张耒,号称"苏门四学士",再加上陈师道、李廌,合称"苏门六君子"。此外如苏轼之弟苏辙,与苏氏兄弟并称为"二苏三孔"的孔文仲、孔武仲、孔平仲三兄弟,以及苏轼的小同乡、人称"眉山先生"的唐庚等,皆受其熏染。在"苏门"人物中,成就最高、影响最大的是黄庭坚。他虽说是"苏门四学士"之一，却又与苏轼并称"苏黄"，成为宋代最大诗派的开山领袖。北宋末吕本中作《江西诗社宗派图》，尊黄庭坚为诗派之祖，下列陈师道等二十五人为法嗣，于是"江西诗派"这个名称正式出现，江西诗派正式产生了。在吕本中之后，也有人把吕本中归到江西诗派中去。至宋末元初，方回在《瀛奎律髓》中又提出了"一祖三宗"之说，以杜甫为江西诗派之"祖"，黄庭坚、陈师道、陈与义为江西派的"三宗"，这便确立了江西派的整体概念。尽管吕本中所列举的诗人，理论主张和创作实践并不完全一致，但作为一个诗歌流派，他们的作品鲜明地体现了宋诗的某些特色，对当时和后世许多诗人都产生过重要的影响，其流风余韵广被南渡前后的诗坛。宋诗发展到"苏黄"，才真正出现了继唐诗之后又一个新的诗歌高峰。

"靖康之变"是宋代社会最大的历史转折点，北宋王朝的沦亡，徽、钦二帝的被掳，广大人民遭受的深重灾难，无不给爱国的士大夫以极大的刺激。这一巨变也反映到了诗歌领域。南宋之初的诗坛，一些受江西派影响的诗人，如吕本中、陈与义、曾几等，开始面向现实，写出了不少反映时事、抒发感愤的作品。而当时诗坛更为重要的方面和走向，当属因"靖康之变"引起的强烈的爱国诗潮。其时一批著名的抗金英雄，如岳飞、宗泽、李纲等，以他们慷慨悲歌、壮怀激烈的爱国之作，使宋诗闪耀出前所未有的光彩。

稍后，号称"中兴四大诗人"的尤袤、杨万里、范成大、陆游等步入诗坛，形成了宋诗的第二个高峰。陆游是宋代最伟大的爱国诗人，集中存诗九千三百多首，除写山村风光与日常生活外，大多以恢复中原、抗敌御侮为主题，唱出了那个时代的最强音。范成大在爱国诗作之外还有一些描写田园风物的诗，因融入了中唐新乐府精神，"使脱离现实的田园诗有了泥土和血汗的气息"（钱锺书《宋诗选注》）。杨万里的诗思想内容方面不及陆、范深刻，而他那以描写自然景物见长的"诚斋体"，却写得活泼轻巧，幽默诙谐，令人耳目一新。

南宋后期，宋金对峙的局面比较稳定，诗坛上爱国主义呼声日渐微弱，代之而起的是所谓"永嘉四灵"（翁卷、赵师秀、徐玑、徐照）和"江湖派"（姜夔、刘克庄、戴复古等）。这两派诗人在创作上的一个共同倾向为扬弃"江西"，复归唐风，富有革新之意味，但由于他们或刻意雕琢、取径太晚，或嘲弄风月、气格纤弱，大多成就不高。

南宋灭亡前后，在抗战的斗争中又涌现出一批爱国诗人，著名的有文天祥、汪元量、林景熙、郑思肖等。文天祥是抗战将领，伟大的民族英雄，曾奉使被拘，后兵败被俘，始终不屈，从容就义。他的许多诗歌都是战斗生活的真实记录，表现出坚贞的民族气节和昂扬的斗争精神。特别是他的《正气歌》，就是一首用生命和热血谱写的"浩然正气"的颂歌，千百年来不知感动过多少读者。汪元量曾以亡国俘虏的身份随三宫北上，他把沿途所见的情况写成诗篇，有"宋亡之诗史"之称。谢翱、林景熙等人，追随文天祥之后，以其各种样式的激动人心的爱国诗篇，为宋代诗歌史画上一个光辉的句号。